Paolo Mantegazza

L'arte di prender marito

L'ARTE

DI

PRENDER MARITO

DI

PAOLO MANTEGAZZA

PER FAR SEGUITO A

L'ARTE DI PRENDER MOGLIE.

Alle troppo impazienti,

Alle troppo esigenti,

Alle troppo positive, che credono bastare alla felicità del matrimonio molti quattrini e una corona,

Alle troppo poetiche, che credono bastare al matrimonio l'amore,

Dedico questo nuovo libro,

Perchè tutte imparino, che se il matrimonio può darci la massima felicità, è anche la più instabile delle combinazioni chimiche; il più delicato, il più intricato, il più fragile di tutti i meccanismi.

Decembre 1893.

PARTE PRIMA.

IL RACCONTO.

CAPITOLO PRIMO.

La bambina diventa donna.

Era un mattino di marzo, e un sole impaziente s'era alzato troppo presto, spargendo per l'aria azzurra e già calda l'oro della sua luce, il tepore del suo fiato. La stazione era molto vicina alla casa di Emma, e a piedi era andata coi suoi ad augurare il buon viaggio ad un cugino ingegnere, che sposo da solo un mese doveva fare per l'ufficio suo un lungo viaggio e lasciar sola la sposa per qualche settimana. Cugini e cugine e zii erano arrivati un po' tardi e si dovette far economia di parole e di abbracciamenti. Un furia furia per prendere i biglietti, consegnare i bagagli, coll'accompagnamento di un grido monotono dei conduttori:

- Facciano presto, signori, il treno parte.

E davanti ad un vagone di prima classe i parenti erano affollati, guardando il cugino ingegnere, che non poteva parlare; perchè sentiva che le parole gli sarebbero venute fuori, strozzate e singhiozzanti. Tutti si accontentavano di sorridere al viaggiatore, con un'aria che voleva essere un saluto e un augurio, ma era invece una mestizia mal dissimulata. Chi non poteva sorridere, neppur dissimulando, era la sposa, che era entrata in vagone per dar l'ultimo bacio al viaggiatore. Cugini e cugine non guardavano se non per terra, con gesti impacciati; mentre la voce del conduttore ripeteva per la ventesima volta il suo monotono:

- Presto, signori, presto, si parte.

La sposa dovette scendere, lo sportello fu chiuso brutalmente e in furia, ma essa si arrampicò di nuovo sul predellino del vagone.

- Addio, addio Paolo, ritorna presto.... ricordati di scrivermi ogni giorno.

Una testa si abbassò, si incontrò coll'altra, e per non so quanti minuti secondi, quattro labbra si strinsero, si fusero in un labbro solo, in un singhiozzo supremo. Emma alzò gli occhi e guardò attonita, curiosa, con una prurigine nuova, con un fremito della persona, quei due che si baciavano a quel modo. Non potè neppur pronunziare la parola *addio*.... E un fischio acuto, uno strider di ruote, distaccò quei due innamorati e fece partire il treno, che sparì dall'orizzonte in pochi minuti. Tutti ritornarono alle loro case, ma Emma riportò con lei il bacio dei due cugini, come se l'avessero stampato sulle sue labbra, con un suggello di fuoco; e lo ebbe nella bocca, nel cuore, negli occhi, tutto quel giorno, e la notte appresso. Lo vedeva, lo sentiva; ne ricordava il suono.... Eppure essa aveva veduto chi sa quante volte il babbo che baciava la mamma, e mariti baciar mogli; ed essa stessa aveva baciato tante e tante volte, fanciulli e fratelli e amiche e non ne aveva mai provato turbamento alcuno.

Perchè ora quel bacio l'aveva scossa tanto, l'aveva tanto turbata? Non era il bacio, che fosse diverso dagli altri veduti, e sentiti. Era lei, che era un'altra.Emma da bambina era divenuta una donna. Nella notte dormì poco e male. Nel sonno agitato, febbrile, sognò che anch'essa partiva per un lungo viaggio, e un giovane bello e innamorato la baciava sul predellino e così lungamente, che il bacio non si distaccava più dalle sue labbra. E il treno partiva rapido, rumoroso, fulmineo, mentre il giovane, non avendo avuto tempo di scendere, l'accompagnava. nella corsa, senza distaccare mai le labbra dalle sue. Essa ne era sgomenta, temeva un disastro e gridava:

- Scendi, scendi....

Ma il giovane non poteva scendere e via via il treno correva sempre più impetuoso; e i baci seguivano ai baci e le grida dì spavento non li interrompevano, facendo coro al fremito delle labbra. Emma allora si svegliò con un grido così angoscioso e alto che fece svegliare la mamma, che accorse al suo letto. Emma era seduta, coi capelli disciolti, sulle spalle, cogli occhi spalancati, tutta coperta di sudore.

- Che cosa hai, che cosa ti è accaduto mia figliuola, mio tesoro?

- Nulla, mamma mia, non lo so....

E piangeva e rideva in una volta sola. Acceso il lume, la mamma la guardò curiosa, trepidante, e Emma a quello sguardo arrossì, come se avesse commesso un peccato, vergognosa di una emozione nuova di voluttà e di strazio, che avea provato nel suo primo sogno d'amore. Nascose il capo sulle spalle della mamma, ridendo, singhiozzando, tremando tutta; mentre gli ultimi brividi di un amore senza peccato le facevano vibrar la pelle, come se fosse scossa da una corrente elettrica.

- Mamma, perdonami, se ti ho spaventata.... sognavo non so che cosa....

Per la prima volta taceva qualcosa a sua madre; anzi mentiva. Quel bacio sognato o ricordato era per lei una colpa. Emma era da bambina divenuta una donna....

CAPITOLO SECONDO.

Libri e fantasmi. - Sogni e realtà.

Quella notte era passata e dopo quella molte e molte altre, ma Emma non era più la fanciulla lieta, spensierata, vagabonda di prima. Non giuocava più al cerchio in giardino, non saltava più per le camere, non cantava, nè canterellava più. Il pianoforte non era più aperto che all'ora della lezione, e rarissime volte l'apriva di tarda sera, quando era sola e per suonare le cose più tristi del Chopin. Compariva a un tratto davanti alla mamma dopo essersi rinchiusa per ore nella sua camera e aveva gli occhi rossi.... E la mamma:

- Ma che hai, figliuccia mia? Tu hai pianto.

- No, mamma, ma perchè piangere? Io son felice... - e poi, quasi spaventata di queste parole, rideva piangendo e si asciugava gli occhi, girando sopra sè stessa e agitandosi:

- Sono i nervi, sono i nervi.... Ho sempre canzonato le mie amiche maggiori di me di qualche anno, quando mi dicevano di averli, ed ora, ora li ho anch'io.... Mamma, perdonami....

- Ma non ho nulla, mia cara, mio tesoro, da perdonarti, - e l'attirava a sè collo sguardo, colle braccia e se la stringeva al cuore.

E allora piangevano ridendo tutte e due e la burrasca era finita; ma la mamma confidava al babbo (che era uno dei medici più sapienti e più celebri della città) le ansie che le davano i nuovi turbamenti di Emma. Il medico babbo alzava le spalle e crollava il capo ridendo:

- Sono gli *isterismi della pubertà.*

Due brutte parole, che sanno di clinica e di anatomia in una volta sola, con cui noi altri medici giudichiamo brutalmente tutta una rivoluzione fisica, morale, intellettuale, che trasforma una fanciulla in una donna; tutto un poema di virtù nuove e di nuovi vizi; di impeti passionati e di languori ineffabili, di desiderii senza forma, e di amori senza amanti; tutto un caos incomposto, titanico, che domanda al cielo un creatore, agli angeli una voce che dica: tu sarai una madre; o all'inferno un grido, che esclami; tu sarai un demonio. Emma leggeva molto, leggeva sempre, ma dal giorno in cui aveva veduto baciarsi quei due alla stazione, i libri prediletti non eran più quelli di prima o in questi cercava altre pagine. Leggeva e rileggeva il Petrarca, e di questi soprattutto i sonetti d'amore. Nel Tasso gustava gli amori di Tancredi e di Clorinda. Adorava Paolo e Virginia, ma avrebbe voluto un Paolo ancor più innamorato e una Virginia più eroica. Del Dante non leggeva più che il Canto V. L'aveva tanto letto, che lo sapeva tutto a memoria, ma preferiva rileggerlo, parendole allora di assistere alla scena del grande peccato. Ed essa stessa credeva di peccare, leggendo quelle pagine immortali; e al verso <La bocca mi baciò tutta tremante> si sentiva scorrere per le vene un fuoco, vibrare su tutta la pelle un brivido, e più d'una volta chiudeva il libro e lo gettava lontano da sè. Una volta invece aveva a un tratto con furore baciato quel bacio, e su quelle pagine galeotte aveva lasciato l'impronta delle sue labbra. Il bacio di Paolo le faceva sentire l'eco di quell'altro dato dalla cugina al cugino alla ferrovia; quel bacio, che era divenuto per lei l'incubo di tutte le ore, il sogno di tutte le notti. Dopo una di queste scene solitarie, di questi duelli misteriosi fra un libro e una fanciulla, essa si adirava con sè stessa, giurava di non rilegger più il Canto V dell'Inferno e per una settimana al più, manteneva il giuramento... con grande stento però, con immenso sagrifizio. Quel libro, quelle pagine erano per lei un frutto proibito, che diveniva più saporoso, più desiderato, quanto più lungo era il digiuno che ella si imponeva; e quando, vinta alfine, ripigliava il libro che pareva aprirsi da sè sempre allo stesso posto, vi si gettava, anima e corpo, guardandosi intorno, per assicurarsi che era proprio sola; sola col proprio peccato, colla propria passione, a cui si abbandonava coll'impeto di un amore infinito, colle lascivie di un vizio. Ma per Emma non era solo l'Inferno di Dante, che fosse un libro galeotto. Lo erano tutti quanti, o per essere più precisi, vi era in tutti una pagina galeotta; quella cercata, quella letta e riletta con crescente fascino, con insaziata curiosità. In quella pagina galeotta vi era sempre un bacio o una carezza, un innamorato o uno sposo. Vicina o lontana era l'eco sempiterna del bacio della ferrovia. I personaggi dei romanzi, delle commedie, dei drammi si facevan vivi e palpitanti agli occhi di lei, quando erano uomini e giovani e belli; ed essa li vestiva cogli occhi del desiderio e della simpatia. Di giorno le tenevan compagnia gioconda nelle lunghe ore, che voleva solitarie, e di notte le popolavano di lieti fantasmi i sogni d'amore. Era vergine, era pura come l'ignoranza; ignorava il sesso. Eppure aveva dieci, cento, mille amanti, che amava ad uno ad uno e poi raccolti tutti in un esercito, che metteva l'uno contro l'altro, l'uno accanto all'altro; facendone dei rivali o degli avversari. Era infida ora all'uno ed ora all'altro, e colla fantasia commetteva tradimenti e adulterii; santa e odalisca; pura come una vergine, libertina come un'eteria. Nella nostra educazione mistica, ipocrita, tutta quanta fondata sulla tradizione teologica dell'uomo, abbiamo sempre fatto dell'ignoranza e dell'innocenza una stessa cosa; e pur troppo sono invece due cose molto diverse; avendo noi moltissime donne ignoranti, che non son punto innocenti, e parecchie innocenti senza ignoranza. Emma era innocente e ignorante; non per colpa sua, ma per quella dei suoi genitori. Il babbo lasciava fare queste cose alla mamma e giustamente; ma la mamma, che era tra quelle, che dell'ignoranza e dell'innocenza fanno due sinonimi, non aveva mai detto nulla alla figliuola sul gran mistero d'amore, sull'augusta e terribile funzione dei sessi. Aspettava per farlo, che Emma fosse divenuta una donna, e intanto essa lo era divenuta inconsciamente, e i solitarii martirii la tormentavano orribilmente, senza che la parola e la carezza materna l'aiutassero alla grande iniziazione. Essa era divenuta donna nell'anima prima che nel corpo, e nessun segno esteriore aveva annunciato l'alba nuova. Ma un giorno a un tratto anche nel corpo vergine e delicato la natura brutale le inflisse quella ferita misteriosa e crudele, che nessuna ragione di darvinismo può giustificare e che sembra consacrare l'amore della donna al martirio. Emma arrossì e si sgomentò, e trepida e paurosa corse dalla mamma, narrandole colle lagrime agli occhi il caso strano. La mamma dovette parlare. Con lunghe meditazioni si era preparata ad affrontare quella rivelazione, che aspettava da un giorno all'altro dalla sua figliuola. Essa aveva preparato tutto un discorso fatto di mezze bugie e di mezze verità, con cui ella confidava di poter far andare a braccetto l'ignoranza e l'innocenza; ma lì per lì dimenticò il discorso preparato da tanto tempo e le accadde ciò che suole avvenire al deputato poco eloquente, che dopo aver imparato una lunga orazione da recitarsi al primo pranzo politico dei suoi elettori, la dimentica nel momento più opportuno ed è costretto a improvvisare per davvero, ma molto malamente, un altro discorso.

- -Sai, figliuola mia, non è nulla, proprio nulla....

- Ma....

- No, no; è una cosa che hanno tutte le donne e che....

- Ma dunque non è una malattia....

- No, no, tutt'altro; anzi è un segno di salute.... Calmati, non ti inquietare; sta allegra....

E non seppe dir altro e cambiò discorso.... Alla sera però la mamma confidava al babbo il grande avvenimento, chiedendo consigli. Il medico andò in collera colla mamma, perchè non aveva già detto tutto alla figliuola, e lanciò una filippica lunga, eloquente, persuasiva contro il mal vezzo di tener le fanciulle nella più oscura ignoranza, mostrando tutti i danni, che ne vengono alla salute del corpo e a quella dell'anima.... La buona signora rimase convinta più che persuasa e:

- Dunque devo dirle tutto?

- Tutto.

- Ma proprio tutto, anche ciò che verrà poi....

- Sicuramente; tutto deve sapere.

- E perchè non glie lo dici tu?

- Io no: tocca a te il farlo. È dal labbro della mamma, che la fanciulla deve imparare a conoscere i terribili misteri del sesso, coi suoi pericoli e il suo fascino. Tu devi dirle tutto semplicemente, senza emozione alcuna, senza nasconderle nulla, proprio nulla; come se si trattasse della cosa più naturale di questo mondo. Nella religione è un rappresentante di Dio, è un sacerdote, che dà il battesimo. Nel mondo dell'amore è la mamma, che deve essere il sacerdote della nuova religione. Nell'anima tenerella e vergine della fanciulla, è un'impronta che non si cancella più. È ben diverso il nascere in una culla foderata di seta e d'amor materno o nel povero letticciuolo d'un ospizio. E così è dell'amore: deve nascere in un nido intrecciato dalle mani della mamma. Povera colei, il cui nido fu fatto da mani straniere!

Povera colei, che impara a conoscere i misteri del sesso dalla lasciva cameriera o dal vecchio libertino! Essa entra nel tempio d'amore per una fogna, mentre dovrebbe entrarvi per una porta di marmo inghirlandata di fiori.

CAPITOLO TERZO.

Il primo amore.

Emma da qualche tempo, e soprattutto dopo aver saputo dalla mamma il nuovo Verbo, era sempre triste o dirò meglio malinconica. La primavera della vita è come quella dell'anno. Non si giunge ai tiepidi soli dell'aprile, nè alle inebbrianti rose di maggio, che attraverso le nebbie e i venti rabbiosi del marzo. E non si entra nel tempio d'amore, nel paradiso terrestre dei caldi desiderii che attraverso le lagrime e gli isterismi della pubertà. Può sembrare crudeltà della natura, ma non ne è che una ingegnosa leccornia, un'ingegnosità di alto epicureismo. Sulla soglia, che separa l'inverno dalla primavera, nasce la mammola, e là dove la bambina, muovendo il passo, diventa donna, nasce e fiorisce la malinconia, la mammola del sentimento. Emma era appunto su quella soglia. Quando essa non studiava o non era al piano, era sempre alla finestra. Tutte le fanciulle adorano le finestre.... aperte o chiuse, non importa; purchè possano guardare fuori, nel mondo di sopra, nel mondo infinito che è il cielo; nel mondo di sotto, in quello piccino dove formicolano gli uomini. Tutti credono di sapere il perchè di questo gusto particolare di tutte le fanciulle e darebbero dell'imbecille a chi dicesse di ignorarlo. Ma molte di queste certezze non sono che ignoranze foderate di superbia. Io, per conto mio, ci ho pensato sempre a quel perchè, e non sono ancora sicuro di saperlo. D'una cosa sola sono sicuro ed è che il perchè non è uno solo, ma sono molti; molti come i sogni che attraversano il cielo notturno delle fanciulle. Esse guardano in basso per curiosità, per distrarre l'occhio col viavai della gente, che per le vie cerca il pane o l'amore, la vendetta o il contravveleno della noia. Esse guardano a mezz'aria per spiare la vita delle cose vicine. Esse soprattutto e più spesso guardano le nuvole, perchè esse van navigando nel gran mare dell'ignoto e dell'infinito e i loro pensieri mutan forma con esse, e i volti umani si trasformano in mostri marini e le pecorelle si fanno draghi e i fiori diventan serpenti; proprio come quaggiù nei viottoli del mondo, dove le speranze si trasformano in disperazioni e dal seme della gioia nascono l'assenzio e l'aloe. In basso, a mezz'aria o in alto poi, le fanciulle cercan sempre una stessa cosa, una cosa sola: *l'uomo*. E anche Emma guardava dalla finestra della sua cameretta, che dava sulla via. E le ore filavano filavano senza noia e senza gioia, in una fantasticheria piena di ombre e di poesia. Quanti poemi scriveva fra le nuvole, quante commedie e drammi immaginava sulla terra! La via dove abitava era larga, ma non tanto da non poter distinguere chi abitasse la casa di faccia. Ma questa era da un pezzo muta d'ogni voce. Il primo piano era abitato da una ricca famiglia, che stava quasi sempre in campagna. E il secondo era sfittato da un pezzo. Un giorno però si videro spalancarsi tutte le finestre di quel piano e comparvero figure di uomini, di donne, di bambini; tutta la colonia d'una famiglia numerosa. Emma però non vide che un giovanetto, che non doveva aver ancora vent'anni, dacchè il primo onor del mento non poteva esser veduto che molto da vicino o con forti cannocchiali. Del resto una faccia come ve ne son cento. Nè brutto nè bello, ma con quel pallore, quella magrezza, quell'andar dinoccolato e incerto che ti mostrano lo sforzo grande, che fa la natura per trasformare un fanciullo in un uomo. Non eran passati che pochi giorni e anche il giovinetto vide Emma, e da quel giorno, bench'egli fosse un Enrico e non una Enrichetta, passò anch'egli lunghe ore alla finestra. Se non che, se per caso egli affacciandosi, vedeva Emma, questa si allontanava subito dal suo posto d'osservazione. Passarono parecchie settimane senza che fra quei due accadesse altro, che un guardarsi, un arrossire di entrambi, ma più di lei che di lui; un cercarsi e un fuggirsi. Emma non aveva mai osato domandare alla cameriera chi fosse quella famiglia venuta a star di faccia; ma a tavola senza volerlo aveva saputo che era gente onesta e agiata. Un avvocato carico di famiglia, che mandava innanzi la casa coi travagli quotidiani della toga e che tra gli altri molti figliuoli aveva un giovanetto, che studiava medicina all'Università. Quel giovanetto era Enrico. E su Enrico si appoggiarono tutti gli incerti desiri, tutti i sogni di Emma; e in lui, senza avergli mai parlato, senza averne neppure di lontano udito la voce, cercò l'uomo. E l'uomo Enrico cercò la donna Emma e l'amò, poeticamente, ingenuamente; con tutte le sublimi puerilità d'un primo amore. Chi dei due fosse più timido, non saprei dire; perchè lo erano entrambi fino all'impossibile. Egli scriveva dei versi, che voleva gettarle nella finestra aperta; ma i versi si accumulavano e rimanevano nel cassetto. Essa voleva fermarsi, quando egli fosse apparso, e voleva rispondere con un sorriso al suo sguardo; ma continuava invece a fuggire e il sorriso rimaneva sempre inedito. S'erano incontrati più d'una volta anche per via e una volta anche in teatro in due palchi vicini. E allora si erano guardati più a lungo del solito, cercando di arrossire il meno possibile. Passarono sei mesi e le cose erano in questo stato: lui sapeva di essere amato, lei era sicura di essere adorata, e naturalmente ognuno di loro sapeva di amare. Dove però dovesse finire questo amore nessuno dei due sapeva, e non facevano un passo innanzi per avvicinarsi l'uno all'altra. L'unica corrispondenza consisteva in ciò, che quando Emma vestiva per più giorni di un dato colore, Enrico compariva alla finestra con una cravatta della stessa tinta. Un giorno però Enrico si alzò pieno di coraggio. Si sentiva un eroe e voleva approfittare subito di quell'eroismo, che poteva esser fuggitivo. Escì di casa, comperò un mazzolino di mammole doppie, e dopo averlo circondato di una foglia di stagnuola vi chiuse una pietruzza e un bigliettino con queste sole parole: *Enrico alla sua adorata Emma*. Poi, dopo aver veduto che la finestra di lei era aperta, e che nessuno guardava da altre finestre, slanciò con quanta forza aveva il mazzolino nella camera di lei. Se non che egli tremava tanto e le forze eran tanto pochine, che il mazzetto cadde sul marciapiedi e un monello che passava di là in quel momento, lo raccolse e lo portò via. Fu tale lo spavento del povero Enrico di aver compromesso la sua Emma con quell'atto temerario, che per più giorni non si affacciò più alla finestra, con grande sorpresa e grande dolore di lei, che ignorava i motivi di quell'assenza insolita. Intanto lei si innamorava ogni giorno più. Non solo amava lui, perchè lo trovava più bello, più simpatico, più intelligente di tutti gli altri uomini; ma amava gli studenti di medicina e i medici, perche avevan dei rapporti con lui. A tavola, nelle conversazioni della sera, trovava sempre modo di condurre il discorso su argomenti di medicina e voleva sapere quanti anni durassero gli studii universitarii per conseguire il diploma di dottore e si informava dei medici, più celebri della città e voleva sapere i nomi di tutti i professori della Facoltà medica. Questa sua insistenza dava negli occhi alla famiglia, e nessuno poteva darsene ragione, non avendo il menomo sospetto sulla presenza dello studentino di faccia. Un giorno a tavola il babbo ridendo ebbe a dirle:

- Ma vorresti forse studiar medicina? Bada che sei troppo vecchia per incominciare gli studii universitarii.

Quando Emma esciva a passeggio colla mamma o con qualche amica si fermava sempre davanti alle botteghe di strumenti chirurgici e li guardava con affettuosa curiosità, pensando che Enrico li avrebbe maneggiati e chi sa con quale perizia, salvando la vita a chi sa quanti infelici. Nella vetrina dei librai cercava i volumi che trattavano di medicina, e benchè non ne capisse neppure il titolo, li guardava e li riguardava con affetto. Erano anche quelli cose del suo Enrico e già sognava di vederli sul suo tavolo, quando sarebbero vissuti insieme e lei si sarebbe messa accanto a lui col lavoro fra le mani, mentre egli allo scrittoio stava studiando. Sì, egli studiava, ma ad ogni tratto levava gli occhi dal suo libro e la guardava teneramente negli occhi e le sorrideva e poi e poi le dava un bacio; un bacio come quello famoso, che aveva veduto dare dal cugino alla cugina, là sullo sportello del vagone. Oh perchè mai non si possono conservare per l'autunno dell'età adulta, per l'inverno della vecchiaia, tutti quei fiori, che ci sorridono sul capo, fra i piedi, che ci accarezzano il volto da ogni parte, quando attraversiamo la primavera della giovinezza? Almeno di quelli che fioriscono nei giardini e nei campi i profumieri sanno distillarci essenze, che si chiudono in barattoli, e che di lontano ci richiamano il prato e il giardino; ma di quelli altri fiori, che si chiamano l'innocenza, l'amore, la spensieratezza, che sorridono e imbalsamano l'aria, chi ci serba l'essenza? Di quei pianti senza dolore, di quelle lagrime senza amarezza, che brillan nell'alba della vita, come gocciole adamantine di rugiada e che così facilmente si alternano colle sonore e squillanti risate, qual fonografo ci serba le delizie e gli incanti? Non rimpiangiamo l'impotenza del profumiere e del fonografo! - Nulla muore di ciò che nasce, e solo gli atomi nell'eterna ridda d'una vita che non posa mai, mutano forme e armonie. I fiori della primavera si dissolvono nella terra, che alimenta gli uomini, e nuove giovinezze succhiano gli umori dei nostri petali avvizziti; mentre lentamente matura il frutto sul nostro ramo invecchiato. Quanti di quei fiori s'aprivano e s'avvizzivano l'un dopo l'altro, alternandosi in una continua festa nell'anima giovinetta di Emma! Essa non li numerava, perchè eran troppi, e mentre ne coglieva uno, cento e cento altri sbocciavano e se ne empiva le mani e il grembo e se ne incoronava il capo e vi cacciava dentro la testolina innamorata, nascondendo nel seno i più preziosi e i più cari. Non aveva mai parlato a Enrico, non ne aveva neppur udito la voce, - e l'amava. Enrico era giovane ed era un uomo! Non ne conosceva il carattere nè il pensiero. Avrebbe potuto essere un farabutto o un imbecille; e l'amava; ma Enrico era giovane ed era un uomo! Sapeva lei, se Enrico avrebbe compreso le astruserie isteriche del suo cuore, sapeva lei se egli intendeva i palpiti della gloria, le tenerezze della pietà, le sante fratellanze del dolore? No, davvero; ma Enrico era un giovane ed era un uomo. Come non poteva, come non doveva essere buono e intelligente e caldo dì tutti gli entusiasmi, se essa lo amava? Se essa sentiva, che quell'uomo era cosa sua, era carne della sua carne? Se essa lo indorava tutto quanto, irradiandolo con un'aureola di tutti i suoi sogni, di tutti i suoi desiderii, che per tanto tempo avevano sognato e desiderato invano! Anche la rondine, dopo i lunghi suoi voli, dopo aver saettato l'aria per ore ed ore, posa un istante sopra un filo, dove adagia voluttuosamente la sua lunga stanchezza. E così Emma posava i suoi voli affaticati lungamente nel vuoto del desiderio sopra un filo. Quel filo era Enrico. Pensa forse la rondine, se il filo su cui posa è sicuro o sarà travolto? bada forse se è di canape o di ferro, d'oro o di stoppa? E così è il primo amante, su cui la fanciulla posa la stanchezza dei suoi lunghi desiderii. Emma soprattutto avrebbe voluto soffrire per lui.L'uomo, nella donna che ama, vede e sogna e cerca sempre la voluttà. La donna vede e sogna e cerca il sagrifizio, la dedizione tutta e intera di sè a lui. Quante volte sognava di vederlo cadere per la via travolto da un cavallo o da una carrozza! O lo vedeva assalito da un assassino, sull'orlo di un precipizio.... Ed ella allora, rotto ogni rispetto umano, avrebbe avuto il diritto di correre a lui, di sollevarlo caduto o ferito, di asciugargli il sangue, di posare la sua testa adorata nel proprio grembo, dì curarlo e di guarirlo. Ma anche il fargli da infermiera gli pareva troppo poco e avrebbe desiderato un accidente impossibile, in cui ella potesse col proprio pericolo, anche col sagrifizio di sè stessa salvar lui; e morendo per lui, sentirsi ringraziare e potergli dire:

- Vedi, anima mia, io muoio per te. Dammi un bacio, il primo e l'ultimo....

E morire sotto quel bacio, esalando la vita per lui e disciogliersi nell'infinito colla certezza di rivedersi in cielo. Invece di tutti questi sogni, un mattino dalla finestra aperta entrò un involtino pesante, che cadde sul tappeto. Prima di raccoglierlo, Emma corse alla finestra, sperando di vedere di faccia chi, aveva gettato quel proiettile innocente. Invece egli era già scomparso. Allora essa si gettò sull'involtino, ma tardò assai ad aprirlo. Aveva forti palpitazioni di cuore; aveva paura e curiosità; impazienza di sapere e paura di commettere un peccato. Quell'involtino era per lei una cosa viva e nello stesso tempo un corpo di delitto. Non dubitava un sol momento chi lo avesse lanciato e perciò appunto credeva, che fosse un peccato l'aprirlo; perchè essa sapeva un'altra cosa, cioè che in quell'involto c'era una lettera. Infatti, quando ebbe raccolto tutto il suo coraggio e l'ebbe aperto, vi trovò una pietra e una lettera chiusa, colle stesse parole che erano state scritte invano sul mazzolino: *Enrico alla sua adorata Emma.* Ma quella lettera non fu aperta. Fu nascosta convulsivamente nella tasca. E là rimase per tutto quel giorno e la notte appresso, presa, ripresa, guardata e riguardata contro il sole per vedere se si potesse leggere qualche parola, senza bisogno di aprirla. Quella lettera dormì sotto il cuscino di Emma, ma non dormì lei, che con quel foglio sotto il capo vegliava in un letargo convulso pieno di dolci torture e di sogni fantastici. Quante volte accese il lume, decisa a rompere il suggello per deliziarsi nel mare delizioso delle cose ignote e per tanto tempo sognate. E quante volte spense la candela per resistere alla tentazione del peccato. Ma quando alla mattina si alzò stanca, quasi esausta dalla lunga lotta, corse subito in camera dalla mamma, che era sempre a letto e gettandole le braccia al collo e piangendo le disse:

- Vedi, mamma, quel giovanotto che abita di faccia a noi, mi ha gettato dalla finestra nella mia stanza questa lettera.... ma io la dò a te....

Le mamme, che pure hanno attraversato tutte lo stesso Orto di Getsemani, e dovrebbero essere esperte del mondo d'amore, quando si tratta delle loro figliuole, hanno tutte una triplice benda sugli occhi e non vedono nulla e nulla indovinano. E anche la mamma di Emma non sapeva nulla di nulla; per cui cascò dalle nuvole, e afferrando la lettera con impaziente curiosità, quasi avesse paura che le sfuggisse, la nascose, ringraziando la buona figliuola della prova di confidenza che le dava in quel momento.

- Brava, la mia Emma, brava! Grazie.... fa sempre così. Confidami tutto, senza paura e senza scrupoli. Nessuno ti ama più di me, nessuno più di me desidera la tua felicità....

Emma non rivide più quella lettera, e la mamma non ne parlò mai alla figliuola. Era una lettera d'amore, come se ne scrivono a vent'anni. Pura e ardente; ingenua come l'ignoranza, calda come la giovinezza. Nei dieci giorni successivi due altre lettere furono lanciate nella camera di Emma e anch'esse non furono lette che dalla mamma. E anch'esse erano come la prima; ingenue come l'ignoranza, calde come la giovinezza.

CAPITOLO QUARTO.

La corrispondenza continua Compaiono sull'orizzonte due altri pretendenti al cuore di Emma

Il lettore desidera molto probabilmente ch'io gli dica, che dopo quelle prime tre lettere lanciate da una finestra all'altra, ella non ne ricevette altre. Ma pur troppo, siccome il mio racconto è storia vera, e la storia ha per primo dovere quello di esser sincera, io devo dirvi la pura verità, tutta la verità, null'altro che la verità; come certi testimonii, spergiurando, in una causa da me perduta perchè ero un galantuomo, dissero davanti al mio pretore. E la verità è molto diversa da quella supposta o desiderata dal benigno lettore. Emma ricevette una quarta lettera, che non riportò subito alla mamma, come aveva fatto delle prime tre, ma se la nascose in seno; ben decisa a farle seguire più tardi lo stesso cammino che avevano seguito le altre. Ma la lettera lanciata alle dieci del mattino era ancora alle dieci della sera allo stesso posto, e siccome vi stava bene, calduccina e lieta di quel roseo nido, tessuto con qualcosa di meglio che non sieno le paglie e i fuscellini; non aveva voglia di escirne. Se non che Emma alle dieci andava a letto e il foglio criminoso passava dal roseo nido in un altro bianco niveo, ornato di trine e profumato di giovinezza, ch'era il letto di lei. Fu messo sotto il cuscino, ma dopo poco passò nelle mani di Emma, e le mani lacerarono la busta con uno strappo, che pareva una convulsione. Tra lo strappo e la lettura passarono molti minuti, dolorosi e agitati come un'agonia; lunghi come secoli; ma il foglio fu letto e riletto alla luce tremula della candela con un tremito degli occhi, delle mani; e soprattutto del cuore della innocente fanciulla, che aveva così commesso il suo primo peccato. Quale sarà l'ultimo? L'ultimo non lo so, perchè in amore conosco il peccato secondo e il terzo e il quarto e il centesimo; ignoro l'ultimo. A pochi giorni di intervallo furono lanciate una lettera N.° 5, una lettera N.° 6. Furono nascoste nello stesso nido roseo della N.° 4 e lette nello stesso nido bianco; ma non ebbero risposta per parte di Emina. Ma la N.° 7 ebbe una risposta e da quel momento le linea telegrafica, che riuniva due cuori, due ingenuità, due amori, non fu più interrotta.I peccati però non seguivano la stessa numerazione delle lettere, avendo sempre una cifra molto minore. Quelle erano al N.° 20, i peccati erano sempre al N.° 2. Il primo: ricevere le lettere di un giovane e leggerle senza portarle alla mamma. Il secondo: rispondervi. - Veniale il primo, quasi mortale il secondo. E chi sa fino a quando il terzo si sarebbe fatto aspettare, navigando i due colpevoli sempre nelle acque azzurre dell'Oceano senza mai toccar terra! Intanto fra i molti visitatori della casa erano comparsi due nuovi uomini, che si erano quasi nello stesso tempo innamorati di Emma. Essa però non se n'era accorta, perchè malgrado le lettere ricevute e risposte, serbava sempre una grande innocenza, e perchè i due pretendenti al suo cuore erano timidissimi, il primo essendo molto giovane e molto scienziato, il secondo essendo molto brutto e molto vecchio. Il primo aveva 26 anni ed era l'ingegnere Rinaldini, più uomo di scienza che ingegnere; il secondo era il marchese di Acquafredda, di 60 anni e tre o quattro volte milionario. L'ingegnere Rinaldini era destinato a grandi cose, ma nessuno se n'accorgeva, perchè era troppo timido e troppo modesto. Timido per temperamento e perchè della società umana non conosceva che la casa della mamma e la scuola; modesto, perchè aveva studiato molto e sapeva moltissimo; ma il suo ideale era così lontano e così in alto da parergli impossibile raggiungerlo anche con una vita di ottant'anni. Appena laureato con grandissimo onore aveva subito ottenuto un posto di ingegnere tecnico nella R. Marina, ed era incaricato dello studio delle materie esplosive. Aveva l'ingegno inventivo e fin dai primi mesi aveva scoperto cose nuove e intraveduto tutta una rivoluzione nel congegno delle torpedini e dei siluri. Non si era affrettato però a vantarsi, nè a pubblicare i suoi risultati. Era timido, era modesto; ma soprattutto non era impaziente. L'impazienza è dei deboli. Ora in congedo da Spezia, dove aveva il suo ufficio, si trovava in vacanza a Firenze, dove la mamma lo aveva spinto a entrare in società. "Tu hai bisogno di riposarti (gli aveva detto) dei tuoi studii e devi conoscere il mondo, in cui devi vivere e che tu ignori affatto. Non sei solamente un ingegnere, ma un uomo."E il Rinaldini aveva ubbidito, non direi a malincuore, perchè sentiva anch'egli il bisogno di vedere e conversare in un mondo per lui nuovissimo e sentiva una grande curiosità di trovarsi con persone d'altro sesso. Vide Emma e se ne innamorò lì per lì, come colpito da quel famoso *coup de foudre*, per il quale psicologi e romanzieri non hanno trovato una parola migliore. Per lui, con un'ingenuità indegna del suo tempo, amare e sposare erano sinonimi: ma come aspirare alla mano di una fanciulla bella, colta e anche ricca? Egli, che non aveva che la sua professione e una modestissima agiatezza da parte della sua famiglia? Ma d'altra parte, come rinunziare a quell'amore, che aveva occupato tutto il suo cuore e subito, dilagando senza ostacoli in quell'anima così vergine? Dopo averla veduta la scienza non gli bastava più e parevagli che la scienza con Emma sarebbe il paradiso in terra, senza di lei una landa sterile, arida, un deserto senza oasi. Sembrandogli il suo amore un'utopia aveva provato a tenersi lontano dalla casa di Emma, preparandosi poco a poco a ritirarsene del tutto. E con sforzi dolorosi riuscì a non visitarla per tre giorni di seguito, ma non potè giungere al quarto e quell'assenza non servì che a una cosa sola: a persuaderlo che ormai l'amore per Emma e la vita erano per lui una cosa sola. E per ricompensare quasi i dolori di quella sua lunghissima assenza ora egli andava ogni giorno da lei, e i genitori lo festeggiavano e parevano felici della sua assiduità. Soprattutto il padre, che, come uomo di scienza anche lui, aveva subito pesato il valore di quel giovane. Emma era sempre cortese con lui, sempre alla stessa maniera e null'altro che cortese. Invece nel Rinaldini l'amore cresceva ogni giorno, e ormai a furia di dilagare, aveva innondato ogni fibra di lui, penetrando nei più sottili meandri della sua vita. Non aveva più nulla da occupare al di dentro. L'alveo del fiume era pieno; e la piena doveva condurre all'innondazione. Pareva che in questo caso straripando l'amore avesse dovuto manifestarsi al di fuori. Nel linguaggio volgare ciò si chiama dichiarazione d'amore. Ma la dichiarazione non veniva mai; e tutta la corte, che l'ingegnere faceva alla sua Emma, si risolveva in sguardi continui, ardenti, penetranti come lama di Toledo; terribili come fulmini o teneri come tepori del sole di maggio. Tutti quelli sguardi non penetravano nulla, non bruciavano nulla, non intenerivano nulla. Si perdevano nello spazio, confondendosi insieme a tutte quelle energie planetarie, per le quali nè fisici nè chimici, hanno ancora trovato l'equazione di equilibrio. Non andavano però perduti per l'occhio vigile e affettuoso della mamma di Emma, che dopo pochi giorni s'era convinta, che l'ingegnere era innamorato della sua figliuola. E di ciò era, come il babbo, felicissima. Non le pareva possibile trovare per la figliuola un giovane più prezioso, che le fosse compagno per tutta la vita. D'una cosa sola si stupiva assai ed era che Emma non si accorgesse di quell'adorazione silenziosa del Rinaldini e che non glie ne avesse parlato. Un giorno però ella non potè più tacere e a bruciapelo le domandò:

- -Che ti pare dell'ingegnere?

- Del Rinaldini?

- Sì, proprio di lui. Nessun altro ingegnere viene in casa nostra.

- Uhm.... mi pare che sia un bravo giovane.... molto studioso, molto timido.

- No, voglio dire se ti piace, se ti è simpatico.... se lo trovi bello.

- Non ci ho mai pensato, cara mamma.... Lo trovo un bel giovane, sì; piacente come tanti altri....

Essa aveva detto tutto questo senza arrossire, con un'aria di tanta indifferenza da lasciare addolorata la mamma, che avrebbe desiderato in vece una tutt'altra risposta, magari una confessione di cose quasi gravi... tanto da aver bisogno dell'assoluzione materna. Rimase parecchi minuti senza parlare.

Era piena di stupore e amareggiata da un grande disinganno.... Dopo tutto quel silenzio, per quel giorno la conversazione terminò con un gran sospirone della mamma e con un:

- Quanto sarà felice la donna che diverrà la moglie dell'ingegnere Rinaldini!

Nè il sospirone nè le parole materne commossero il cuore di Emma. Essa pensava che aveva in quel momento nel nido di rose una lettera di Enrico e che quella sera passando nel nido bianco, essa avrebbe goduto un'ora di ineffabile voluttà, leggendola a centellini, divorandola d'un fiato.... Il marchese di Acquafredda era l'altro innamorato di Emma. Un uomo su cui nessuna lingua, fosse la più maledica di questo mondo, avrebbe potuto sfogare la sua malignità. Non era libertino, non era bevitore, non era giuocatore. Ma nello stesso tempo nessuno avrebbe saputo dirne bene. Era l'uomo più incoloro, più inodoro, più *insaporo*, come diceva il mio Professore di storia naturale, parlando del diamante. Era buono, perchè non aveva mai rubato nè assassinato, perchè faceva delle opere di carità.... Del resto un vero zero umano. Erede di una gran fortuna, non l'aveva nè accresciuta nè diminuita d'una lira. Badava alle sue terre, alle sue case; leggeva i libri alla moda, andava nell'estate ai bagni o alla montagna, frequentava i teatri e le conversazioni; viveva. Dei suoi amori giovanili nessuno sapeva nulla. Non era galante, ma neppur scortese colle signore. Aveva da molti anni in casa una bella cameriera, che faceva anche un po' da maggiordomo e che forse aveva risolto per lui il gran problema dell'amore, che tormenta tante migliala di uomini, che semina per le strade della vita tanti feriti e tanti morti. Insomma il marchese di Acquafredda era, per dirla col linguaggio di moda, un *uomo perbene*. Giunto però ai sessant'anni, molto ben conservato, con tutti i suoi capelli che non tingeva, con tutti i suoi denti, che eran proprio suoi; aveva pensato che, non avendo nè nipoti, nè cugini, nè altri parenti lontani che portassero il suo nome, avrebbe dovuto prender moglie e avere un erede, che non lasciasse morire il nome e il blasone dei marchesi di Acquafredda. Era vecchiotto, ma era sano e arzillo, e scegliendosi una sposa povera o appena agiata, avrebbe potuto coi suoi milioni gettati sulla bilancia del matrimonio far equilibrio alla giovinezza e alla bellezza di una fanciulla, che gli fosse piaciuta. Ed egli si era innamorato di Emma. Dico innamorato, perchè egli stesso adoperava questa parola, parlando a sè stesso nei soliloqui della notte; quando nel silenzio della solitudine correggeva le bozze della vita quotidiana. Non avendo pensato a prender moglie prima d'allora, non aveva badato mai alle signorine, e quella era la prima a cui dirigeva gli occhi amorosi con intenzioni oneste sì, ma alla sua età alquanto temerarie. Quegli occhi erano sempre coperti da due grandi occhiali d'oro e attraverso a quelli passavano sguardi di diversa natura; ora teneri, ora appassionati; qualche volta anche concupiscenti. Fossero però quegli occhialoni d'oro o i capelli bianchi, che erano tanto vicini ad essi, gli sguardi del marchese nè ferivano nè incendiavano, e neppure vellicavano la pelle di Emma. Agli sguardi tenevano compagnia dei fiori, dei dolci, dei libri, omaggio dell'adoratore all'adorata. Questa accettava tutte quelle cortesie e galanterie come da un babbo, e diceva spesso:

- Che buon uomo è quel marchese di Acquafredda!

I due amori dell'Ingegnere e del Marchese camminavano, con diversa velocità, ma paralleli l'uno all'altro. Quello del Marchese correva assai più lesto, perchè i vecchi son sempre impazienti e perchè la timidezza eccessiva rallentava il passo all'Ingegnere. I giovani però, anche i più timidi, sanno saltare, ciò che i vecchi non sanno, e possono in un giorno riacquistare il terreno perduto in un mese. Non so se il Rinaldini spiccasse il salto o altro avvenisse di nuovo. So però che un giorno essi si incontrarono allo stesso punto. Il marchese di Acquafredda con una lettera modestissima chiedeva al padre di Emma la di lei mano. E proprio nello stesso giorno l'ingegnere Rinaldini, trovandosi alla sera solo con lei nel salotto nel vano d'una finestra, chiese con voce tremante ad Emma, se vorrebbe dividere la vita con lui. Emma rispose con tutta calma:

- Per ora non voglio maritarmi.

Quanto al padre di Emma, devo dirvi, che lesse la lettera del Marchese con grande stupore e la passò subito alla moglie. Non so cosa dicessero tra di loro e come commentassero quella strana domanda. So però che un tragico avvenimento piombò su quella casa fin allora così serena e felice. Il dottore, partito da Firenze per un consulto a Modena, era morto in vagone fulminato da un'apoplessia. Vi risparmio la storia del dolore di quella famiglia. I due pretendenti, che avevano fatto in diverso modo la loro domanda, presero parte a quel dolore, per nulla stupiti di non avere risposta. Quanto ad Enrico, seguitava a scrivere dalla sua finestra prendendo la sua terza parte nel dolore di una famiglia, che considerava come sua.

CAPITOLO QUINTO.

Il dilemma, anzi il trilemma.
La fanciulla si consulta con un'amica e colla mamma.

Erano passati tre mesi, e la mamma di Emma, volendo distrarre la sua figliuola da un dolore, che il tempo non riusciva ancora a calmare, le disse un giorno a un tratto:

- Sai, tesorino mio, voglio farti ridere....

- Sarà difficile, mamma....

- Il marchese di Acquafredda ha chiesto la tua mano....

- Impossibile! In questi giorni? Non rispetta neppure il nostro dolore? Non pensa all'anno di lutto, che per me durerà tutta la vita?

- No, non è in questi giorni ch'egli ha fatto la sua domanda, ma poco prima che morisse tuo padre.

- Ah! Tanto meglio! Avrei subito perduta la stima che io sentiva per lui.... Ma il Marchese ha almeno settant'anni.

- No, ne ha sessanta e per verità non li dimostra neppure....

- Sian pur sessanta, son sempre molti. Ma dacchè tu mi hai fatta questa confidenza, io te ne farò un'altra.... Pochi giorni prima della morte del mio povero babbo, mi ha offerto la sua mano l'ingegnere Rinaldini.

- Davvero? E tu che cosa gli hai risposto?

- Che per ora non voglio maritarmi.

- Non ti piace?

- Non ho mai pensato a lui....

- Emma, sii sincera con me. Tu mi hai sempre confidato i pensieri più segreti del tuo cuore: confidami anche questo. Non avresti simpatia per il giovane Enrico, che vive di faccia a noi?...

Emma arrossì fino ai capelli.

- Tu lo ami, - riprese subito la mamma con impeto. - L'ho veduto affacciarsi tante volte alla sua finestra, e fuggiva via, quando si accorgeva che io lo guardava. Spero bene che tu non lo avrai incoraggiato in questo suo amore. Sarà un bravo giovane, non lo dubito, ma è ancora uno studente dell'Università....

- Mamma, mamma mia, son troppo triste ancora per pensare al matrimonio. Se me lo permetti, lasciamo questo discorso. Lo riprenderemo fra qualche mese.

Emma aveva pronunziato queste parole con uno strazio così profondo dell'anima e insieme con tanta risoluta energia, che la mamma, che era di carattere molto debole e debolissima colla sua figliuola, tacque e mutò discorso. Quando però la fanciulla si ritirò nella sua cameretta, si sentì come travolta da un turbine, come trascinata in una ridda infernale, in cui tutto girava intorno a lei e si sentiva come costretta a girare anche lei. In quel vortice essa vedeva turbinarle intorno ora Enrico, ora il Marchese, ora il Rinaldini, che allungavano le braccia verso di lei, come se volessero rapirla.... Due uomini a un tempo l'avevano chiesta in isposa, e un terzo, senza aver fatta la stessa domanda, l'amava, l'adorava, e lei amava lui.... Quella notte essa non dormì che qualche ora e il sonno fu per lei più agitato e più tormentoso che la veglia. Sentiva che al mattino avrebbe dovuto correr dalla mamma, confessarle l'amor suo per Enrico e pregarla a voler rispondere collo stesso monosillabo di rifiuto al Marchese e all'Ingegnere. Ma non ne aveva il coraggio. Essa avrebbe dovuto confessarle anche la sua corrispondenza clandestina; i suoi due peccati, che non si era perdonati ancora e che giorno e notte le stavan infitti nella coscienza, come due freccie avvelenate. No, no: non lo avrebbe mai fatto. Perdere a un tratto la stima della mamma che l'adorava, che la credeva infallibile, impeccabile. No, no, ella tacerebbe ancora e sempre. Ma il suo cuore traboccava: i segreti che vi teneva rinchiusi la soffocavano, la uccidevano, e a chi confidarli? Essa non aveva che un'amica, Maria, con cui aveva studiato, a cui aveva tutto confidato, benchè le fosse maggiore di qualche anno; ma essa si era maritata da due anni ed era andata a vivere a Perugia. Da principio Maria le aveva scritto due o tre volte per settimana. Erano lettere inebbrianti, che le parlavano della sua grande felicità. Poi le lettere erano divenute più rare e più fredde, finchè ora da un pezzo non ne riceveva più. Come vederla, come scriverle? Il suo segreto era di quelli, che si posson confidare solo da labbro a labbro, confondendo i fiati, e intrecciando le mani; interrompendo spesso il discorso colle lagrime e coi baci. Ma ecco che inaspettatamente Emma riceve per la posta un biglietto con queste parole:

Amica del mio cuore,

Domani lascio Perugia per qualche giorno e sarò da te verso sera. Apri grandi le braccia per stringermi al tuo cuore. Ho bisogno di molta indulgenza e di molta pietà. La tua

Maria.

E il giorno dopo Maria era nelle braccia di Emma e per molti minuti non si poteron parlare; tanti erano i baci e tante le lagrime che si rimandavano a vicenda. Emma, che era felice di confidare il gran segreto all'amica, trovava che lei era venuta per affidargliene un altro e molto più triste. Maria era infelice, sommamente infelice. Aveva sposato contro il volere dei suoi, contro il consiglio di tutti, un giovane studente (sì studente anche lui come Enrico) che però non studiava niente e che per di più apparteneva a una famiglia povera e disonesta. - Era bello, molto bello, e Maria l'aveva sposato, credendo che la bellezza e l'amore, che sentivano l'un per l'altro, sarebbero bastati a farli felici. Per forzare la mano ai genitori Maria s'era compromessa tanto da obbligarli al consenso del suo matrimonio ed essi le avevano data la piccola dote che le spettava. Il giovane era di Perugia e là erano andati i due spensierati, anche perchè in quell'Università egli avrebbe potuto continuare i suoi studii e laurearsi; ma invece abbandonati a sè e al loro amore avevano in un anno assottigliato della metà il loro piccolo capitale e si erano trovati senza quattrini e quel ch'è peggio senz'amore. Le strettezze economiche avevano inasprito il carattere volgare e vigliacco del marito; ed egli trovava ogni giorno un pretesto per far delle scene alla sua compagna. Era lei, che amava il lusso e non sapeva dirigere la casa: era lei, che li aveva rovinati.... L'amore fisico li riconciliava talvolta; ma le crudeli torture della miseria facevano durare ben poco il cielo sereno in quella casa, dove scene e lagrime si succedevano come il vento e la pioggia in un mese di marzo, che non finisse mai. Era una vita d'inferno quella che passava a Perugia la povera Maria, ed essa era venuta a Firenze per confortarsi coll'amica Emma e chieder consiglio ai genitori. Quando Maria ebbe finito, cominciò Emma e brevemente le espose il suo caso di coscienza. Maria non la lasciò neppur finire, perchè, con una strana violenza, le disse:

- Emma, sposa subito il marchese di Acquafredda.

- Ma io non lo amo, ma egli ha sessant'anni....

- Che importa? Che importa? Ha dei milioni e ti farà felice. Avrai una carrozza, ville, bagnature.... viaggerai. Egli dovrà farsi perdonare troppe cose, per non esser teco il più cortese cavaliere di questo mondo e farà sempre quel che tu vorrai.... Per carità, segui il mio consiglio, sposa il Marchese.... E poi, e poi non ci pensi? Diventi, una marchesa anche tu; avrai sulle tue carrozze, sui tuoi fazzoletti, da per tutto una corona fiorita. Anche questo è bello!

- Maria, tu fai la celia, tu ti ridi di me. Lo sposeresti tu, se fossi ancora ragazza?

- Certamente, e subito, avesse anche settant'anni!

- Maria, tu mi fai orrore. Non la pensavi così, quando nel collegio parlavamo del nostro avvenire nei fidati colloquii della notte....

- Sì, mia cara, allora io aveva ancora molta poesia nel mio cuore, allora io credevo, che non si potesse e non si dovesse sposare che un uomo che si amasse. Allora credevo, che il matrimonio senza amore era una prostituzione, che l'amore bastasse per farci felice. Ma ora, ora dopo due anni di tristissima esperienza, penso proprio tutto il rovescio. Ho sposato un bel giovane, che diceva di adorarmi e me lo dimostrava con un delirio di carezze senza nome, che mi facevano vedere il paradiso in terra. I miei parenti si opposero invano, mostrandomi i pericoli del mio divisamento. Non volli udir ragioni. Io sentivo che senza Antonio sarei morta. Minacciai di fuggire con lui e non credettero alla mia minaccia. Fuggii davvero e dovettero lasciarci sposare.... Il paradiso durò due mesi, il purgatorio un anno, ed ora sono nell'inferno; in un inferno terribile, che mi fa la più infelice delle donne. Credilo a me. Gli uomini, quando non ci sposano pei nostri quattrini, ci vogliono pei loro piaceri, e una volta che ci hanno avuto, si annoiano. *Toujours perdrix, toujours perdrix!...* L'adorazione nei casi migliori, cioè quando tu sposi un gentiluomo, diventa amore, poi amicizia, poi un'abitudine monotona, che si infiora con qualche cortesia quotidiana, per non parere.... E poi, stammi a sentire. Se tu sposi Enrico, sarai povera e la povertà nel matrimonio è l'inferno. Non vi è amore, che resista alla lotta quotidiana colle necessità della vita. Io ho già due figliuoli e per essi sento che la miseria, che io avrò loro imposto col mio matrimonio, è un delitto, di cui io, io sola sono la colpevole. Tu non puoi immaginarti quanto veleno ci sia nella povertà, che si soffre in tre, in quattro; sotto il tetto di una casa angusta, misera. Tu non puoi capire quanto inferno possa essere chiuso in un conto della sarta, che non si può pagare, nell'angoscia del pensiero di dover pagare fra pochi giorni il semestre della pigione. E se poi hai un marito, che coll'energia della volontà e coll'onnipotenza dell'ingegno non sappia lottare e vincere e portar fuori la moglie e i figli dal pantano, tu incominci a sprezzarlo e ad odiarlo. E tu, poveretta, senti tutta l'impotenza di esser donna e di non potere col proprio lavoro dare alla famiglia l'agiatezza. Io, vedi, son diventata cattiva. Quando porto a spasso i miei bambini mal vestiti e vedo quelli dei miei vicini scarrozzare nella loro piccola vettura condotta da una balia bella e riccamente vestita, soffro e bestemmio entro di me, contro di me e contro tutti. No, no, Emma, sposa il marchese di Acquafredda. -

Emma taceva, e si asciugava gli occhi innondati di lagrime. Il dolore dell'amica era troppo crudele, era troppo disperato, perchè non scendesse anche nel suo cuore. Finalmente potè parlare colla voce interrotta dal singhiozzo.

- Maria, in te parla l'ira figlia del tuo dolore. Tu parli cinicamente, perchè sei disperata; ma io non posso credere, che sii divenuta cattiva, perchè sei infelice. Quanto a me, se la mamma non mi lasciasse sposare Enrico, accetterei la mano dell'ingegnere Rinaldini, non mai quella del marchese; per quanti blasoni e milioni egli potesse offrirmi. Se la miseria uccide l'amore, la ricchezza senza amore non lo può uccidere, perchè l'amore non c'è; ma non deve darci che una vita insopportabile.... Tu almeno hai amato e hai goduto due mesi di paradiso; io sposando il Marchese non ne avrei neppure un'ora.... -

Le amiche parlarono ancora a lungo, ma si lasciarono colle stesse parole con cui la loro triste conversazione era incominciata.

- *Sposa il Marchese....*

- *Giammai!*

Per molti e molti giorni madre e figlia non parlarono dei due pretendenti, nè di Enrico; ma un mattino, mentre Emma era ancora a letto, la mamma entrò a darle il buon giorno, e baciandola aveva un'aria solenne e triste, che non era solita in lei.

- Mamma, che cos'hai questa mattina? Ti senti male?

- No, figliuola mia, ho un piego suggellato da consegnarti e che ho trovato nello scrittoio di tuo padre, subito dopo la sua morte, ma che ti do oggi soltanto, perchè prima d'ora ti avrebbe dato forse una scossa troppo forte.

E la mamma, deposto un piego sul tavolino da notte di Emma, escì per nascondere l'emozione che la faceva piangere. Emma, commossa anch'essa, prese l'involto e vi lesse:

Alla mia Emma.

Da consegnarle dopo la mia morte.

Essa ruppe i sigilli, e trovò che l'involto ne conteneva un altro, su cui era scritto:

Consigli di un babbo alla sua figliuola per la scelta del marito.

E che cosa vi fosse scritto lo vedrà il benigno lettore, se vorrà darsi la pena di continuare la sua lettura.

PARTE SECONDA.

IL MANOSCRITTO DEL BABBO.

Consigli di un babbo alla sua figliuola per la scelta del marito.

Mia adorata figliuola, tu leggerai da sola e forse con qualche lagrima negli occhi queste pagine, che ho scritte anch'io nella solitudine, anch'io piangendo e pensando a te. Dio volesse che tu non le avessi a leggere! Vorrebbe dire che io son vissuto abbastanza per vederti sposa felice; vorrebbe dire che io ti ho potuto dare i miei consigli a viva voce. Ma io son medico e so di avere in me una malattia che non perdona. Potrei da un momento all'altro sparire dal mondo e voglio che la mia voce mi sopravviva e ti aiuti nell'ora più importante della tua vita, quando avrai a scegliere colui, che deve essere il tuo inseparabile compagno, che deve essere il padre dei tuoi figli. Promettimi di non impegnare la tua parola prima di aver letto tre volte queste mie pagine, alla distanza di una settimana una volta dall'altra. L'uomo innamorato è d'oro, finchè non gli hanno detto di sì, diventa d'argento quando gli hanno detto di sì; diventa di rame, quando da pretendente è divenuto marito. Ciò vale per la più parte degli uomini. Vi sono però alcuni pochi eletti, che sono d'oro prima e d'oro poi; sempre. Tu mia figliuola devi saper trovare uno di questi. Fra i moltissimi, che cambiano il loro metallo nelle diverse fasi della loro carriera amorosa, ve ne sono alcuni, nei quali il metallo è sempre vile. Prima è rame dorato, poi *cristofle*, poi piombo. Per conoscere questi fabbricatori di monete false non occorre che ti dia consigli speciali. Tu hai, figliuola mia, un cuore d'oro e uno spirito acuto d'osservazione e ogni donna, se non è affatto stupida, ha in sè la preziosa pietra di paragone, che ci insegna a distinguere l'oro dal rame, l'argento dal piombo. Un oggetto anche ben dorato col lungo uso si smussa sugli spigoli e mostra a nudo il vil metallo che vi sta sotto. Il tempo consuma anche l'ipocrisia; affidati ad esso come la spia migliore delle falsificazioni. Lo spigolo, che più presto degli altri consuma l'ipocrisia, è la vanità. Guardalo sempre e scoprirai il vero dal falso. Mostrati indifferente alle più calde dichiarazioni. Se l'amor proprio del pretendente è più forte dell'amore, egli si raffredderà. Se invece l'amore è più forte dell'orgoglio, egli si innamorerà sempre più. I mariti si dividono tutti quanti in due grandi categorie, i *buoni* e i *cattivi*. I buoni son tutti compagni. Amano la moglie sopra ogni altra creatura, l'amano più di sè stessi e il loro primo pensiero è quello di farla felice. Cercano la ricchezza, l'onore, fors'anche la gloria; ma sempre per intrecciarne una corona intorno al capo della donna amata. Nè comandano, nè ubbidiscono, perchè non si sentono nè superiori nè inferiori alla loro moglie; ma eguali. Discutono insieme a lei i grandi e i piccoli problemi della vita, e finiscono sempre per venire alla stessa conclusione. Hanno sempre sullo scrittoio, in tasca, da per tutto un unico suggello per chiudere i loro segreti, per raffermare le loro decisioni. Questo suggello è un *bacio*. Questi mariti ridono sempre, quando senton parlare di *luna di miele*. Nel cielo del loro matrimonio non hanno mai veduto luna, nè di miele, nè di fiele. Sul loro capo brilla sempre il sole, un sole che non scotta, ma riscalda; che non brucia, ma illumina; un sole che non tramonta mai. Insomma, cara figliuola mia, non occorre che io ti descriva più oltre i mariti buoni. Per dirlo con una frase degna di Monsieur la Palisse, ma vera come la verità. I mariti buoni sono quelli, che fanno felici le loro mogli, facendo felici sè stessi. I mariti cattivi sono i più e sono di molte e diverse specie. Eccoti le principali:

Mariti tiranni.

Mariti deboli.

Mariti gelosi.

Mariti brontoloni.

Mariti avari.

Mariti libertini.

Mariti stupidi.

Mariti fannulloni, ecc.; ecc., ecc.

IL MARITO TIRANNO.

In Europa almeno non abbiamo che sulla scena il tiranno antico, il selvaggio incoronato dalla stupidità del gregge umano e che a un muover di ciglio faceva cader teste, incendiar villaggi, torturare membra umane. Il tiranno classico è una specie sepolta negli Archivii della storia, a un dipresso come i mastodonti e i megaterii. Non è la sola corteccia del globo che ha i suoi fossili: molti più ne ha la storia umana e molti più ne avrà l'avvenire. E così come i nostri orsi, le nostre tigri, i nostri armadilli moderni sono copie in miniatura dei loro padri della paleontologia; così anche il tiranno antico è scomparso dalla faccia della storia, lasciando eredi tanti e infiniti tirannucci in sessantaquattresimo, che non portan più corona, nè scettro, nè scimitarra; ma che esercitano la loro tirannia col sopracciglio corrugato e la voce grossa; con tutte le armi costituzionali e levigate della nostra civiltà ben pettinata e profumata. Si nasce tiranni, come si nasce biondi o bruni; e chi ha questa sventura deve esercitare la tirannide, in qualunque strato sociale egli nasca; qualunque sia l'educazione ch'egli riceve. Soldato, sarà tiranno come caporale e come colonnello, e la disciplina militare sarà la patente ufficiale, con cui eserciterà la sua tirannia. La dimenticanza di un saluto o la poca lucentezza d'un bottone, l'accento un po' vibrato d'una risposta saranno sufficienti e facili occasioni per soddisfare questo vizio dell'anima. Sottosegretario o capodivisione, usciere o ministro, il piccolo tiranno moderno avrà sempre qualcuno al di sotto di sè, su cui sferzare lo scudiscio della propria volontà, a cui lanciare un calcio della propria tirannia. Industriale avrà operai, mercante avrà fattorini, proprietario avrà coloni, proto di stamperia avrà tipografi, direttore di riviste avrà collaboratori, editore avrà autori, impresario attori e ballerini. Dato il tiranno, la vittima non manca; anzi le vittime non mancano, perchè da per tutto e sempre le pecore sono in numero molto maggiore dei pastori. La tirannia più comune però, quella che si può esercitare da tutti i bipedi implumi di questa terra; che si può soddisfare impunemente, quotidianamente, in tutte le dodici ore del giorno e in tutte le dodici ore della notte; è quella del marito sulla moglie. Tirannia vigliacca, perchè si esercita dal forte sulla creatura debole; tirannia sudicia, perchè non esige coraggio, nè intelligenza, nè coltura; tirannia stupida, perchè è punita non dalle leggi, ma dalla natura. Chi semina tirannia in casa, raccoglie corna in casa e fuori: cambia il miele in fiele e non merita nè compassione, nè perdono, e neppure le attenuanti, che pur si sanno trovare dagli avvocati per le maggiori iniquità, pei delitti più atroci. Eppure vi son molti mariti, che sono tiranni anche amando la propria moglie, che sono fuori di questo perfetti galantuomini, cittadini perfetti, padri esemplari. Essi sentono imperioso, incessante, inevitabile il bisogno di far sentire alla loro compagna (vorrei dire schiava), che essi soli sono i padroni di casa, che a loro soli spetta ogni autorità, ogni diritto di comando, ogni arbitrio del bene e del male. Dei pronomi possessivi non conoscono che l'*Io* e il *Mio*, ignorano del tutto il *tu* e il *tuo*. Dicono sempre la *mia* casa, il *mio* podere, il *mio* patrimonio, la *mia* volontà, la *mia* opinione, il *mio* desiderio. Ignorano del tutto le ascose tenerezze, le ineffabili delizie, le intime compiacenze del *nostro*; parola che è un nido, in cui la donna sente di poter appiattarsi, accovacciarsi e nascondersi, per godervi il tepore della vita in due. Il tirannucolo domestico non ha nulla di *nostro*, ma tutto è *mio*. *Mio* il pensiero, *mio* il giudizio, *mia* l'esperienza, *mia* la ricchezza. Il *nostro* è un'infrazione alla disciplina del matrimonio, un'usurpazione di legittimo diritto: è una ribellione del suddito al sovrano. Di queste ribellioni egli solo giudice, accusatore, carabiniere e birro. L'assassino ha i proprii avvocati; la moglie non può e non deve averne. L'infallibilità del marito nelle faccende domestiche, grandi e piccine, è un dogma, indiscutibile e sacro come quello dell'infallibilità papale. In questa forma di tirannia l'ingiustizia, la prepotenza, il capriccio piglian forme pigmee, associando l'assurdo al ridicolo; il pretensioso al grottesco. La donna o si ribella o tace: una cosa peggiore dell'altra. Se la donna si ribella e si mostra più forte del tiranno, il marito è vinto e abbiamo una tirannia peggiore della virile, la femminile. Se le forze si equilibrano, avvicendandosi nelle vittorie e nelle sconfitte, abbiamo la guerra in permanenza, come chi dicesse l'inferno in casa. Se la donna tace, o perchè molto debole o perchè ipocrita, distilla dall'alambicco del cuore nel segreto della sua stanza lagrime amare, che solcano l'anima e coltivano la vendetta; tanto più feroce e crudele, quanto più lenta e meditata. Quante volte una donna, che sarebbe morta innocente e pura, ha disonorato il marito per puro bisogno di vendetta, e in un'ora di voluttà colpevole e forse falsa, ha mormorato queste parole feroci dirette a un ben noto indirizzo:

- *Prendi, carino, questo è per te!*

È così facile invece comandare secondo giustizia e secondo ragione e senza far sentire mai il peso della propria autorità! Marito e moglie devono discutere, deliberare sempre insieme e senza che nessuno ubbidisca o comandi. Nelle questioni poco importanti poi, in quelle, in cui il sì e il no son tanto vicini da toccarsi e quasi da confondersi, l'uomo mostra la sua superiorità, cedendo sempre alla moglie, che per esser donna ha già tante ragioni di umiliazioni e di dolori nella vita sociale. Essa ci è tanto riconoscente di queste concessioni! Mia dolce figliuola, se non vuoi avere un marito tiranno, studia nel profondo gli istinti, le abitudini del tuo fidanzato. Ti ho già detto che si nasce tiranni, e per quanto egli sia dissimulato, tu potrai scoprire facilmente nell'impeto prorompente della sua voce, nei suoi gusti, nelle sue abitudini la tendenza alla tirannia. Conosco un'angelica signorina, che già fidanzata a un giovane, che aveva tutte le apparenze di poterla far felice, ritirò la sua parola; perchè un giorno il tirannuccio voleva senza alcuna ragione seria proibirle di fare una visita ad un'amica. Il leone aveva mostrato l'artiglio, e la fanciulla avveduta se n'accorse in tempo e provvide saviamente alla propria felicità. E l'avvenire le ha dato ragione.

IL MARITO DEBOLE.

Il marito debole è un uomo di sesso incerto, in cui il corpo è maschio e l'anima è femmina. Uno dei tanti errori che commette la natura, quando sbaglia il posto alle cose; un errore di stampa, per cui non vi è correttore di bozze che basti. Il marito debole ha magari il pugno robusto e il pensiero forte, ma quando si tratta di adoperare queste due forze, non rispondono all'appello e fanno cilecca. Si pigia, si pigia sul bottone elettrico della volontà, ma il campanello non suona. Non parlo del pugno, perchè non scrivo che per la gente educata, e fra essi il pugno non si chiude che rare volte e per batter sodo sopra il tavolino; come chi mette un punto d'esclamazione ad una frase energica, per esempio ad un *Per Bacco* o ad un *Per Dio*. Parlo invece del pensiero, che pensa, ma quando si deve tradurre in una volontà, il traduttore si gratta il capo, guarda a mezz'aria, crolla la testa; esita, dubita, oscilla, e dopo un lungo tentennamento si decide.... a non decidersi. In quel frattempo fra il pensiero che pensa e la volontà che tentenna, compare sempre una terza persona, che vuole per noi, che per noi si decide e ci impone la propria volontà e la propria decisione. Ecco l'uomo debole, che finisce a furia di sconfitte a perdere la propria stima e a farsi compatire da tutti e specialmente dalle donne, che, pur dicendosi eguali a noi nei diritti (non nei doveri però), vogliono pur sempre trovare nell'uomo un albero robusto a cui possano appoggiarsi fidenti e sicure. Nulla è per le donne più spregevole nell'uomo che la debolezza. Possono perdonare quella del corpo, non mai quella dell'animo; tanto è vero che i briganti più feroci ebbero sempre amanti appassionate; gli uomini di genio, anche vecchi, ebbero donne innamorate; ma i vigliacchi e i tentennini furono sempre disprezzati o compatiti. E tutto ciò è bene: le leggi della natura vogliono essere rispettate e nessuno può violarle impunemente. Quando in un matrimonio si invertiscono le parti e la donna è più forte dell'uomo, essa se ne serve come di uno strumento comodo e buono a tutto; ma in cuor suo lo compatisce e lo disprezza, e intanto cerca altrove l'uomo *uomo*, a cui possa dare il corpo e l'anima; del cui amore possa sentirsi fiera e superba. La donna superiore si sente umiliata di trovar l'uomo inferiore a sè stessa e lo tratta, anche nei casi migliori, come si trattano i bambini, con pietà, con tutti i riguardi, come creatura che ha bisogno di protezione e di indulgenza. La donna, quando è stretta fra le braccia di un uomo che ama, vuol guardare in alto, per trovare il suo sguardo, vuol dover rizzarsi sulla punta dei piedi per poterlo baciare. Dio l'ha fatta più piccola di statura di noi, perchè ella possa guardarci dal basso. Allora gli occhi di lei diventano bellissimi, le labbra si socchiudono come calice di fiore che beve la rugiada dall'alto; ed essa esclama felice e fiera:

- *Come sei grande!*

Se invece è lei, che deve abbassar gli occhi, questi si fanno piccini, da superbi sembrano farsi vergognosi; esprimono protezione e non ammirazione; tenerezza forse, non mai orgoglio, e se essa non dice:

- *Oh come sei piccolo!*

è perchè essa è buona e nasconde la compassione, per non renderci ancor più piccoli di quel che siamo. Ma se non lo dice, lo pensa, e quel pensiero inaridisce tutte le più alte aspirazioni dell'idealità femminile, degli entusiasmi onnipotenti, delle estasi, più care della vita in due. Il Museo della debolezza è ricchissimo: ci presenta una raccolta infinita di insetti minuti, brutti, spesso schifosi, di larve striscianti e quasi invisibili; tutta una collezione di prurigini senza dolore, di aborti senza vita, di intenzioni senza energia; tutto un limbo di fantasmi di volontà, di pentimenti senza riscosse, di peccati senza vendette, di contraddizioni, di oscillazioni, di paralisi del pensiero. La moglie non è ancora alzata, che pensa di far cosa gradita al suo compagno e manda la cameriera da lui per sapere, se non gradirebbe avere a pranzo un amico giunto ieri da un lungo viaggio e ch'egli ama assai. Uno dei tanti pensieri delicati, che germogliano ogni giorno, ogni ora nell'anima delicatissima della nostra compagna. Egli risponde subito col sorriso della compiacenza, perchè essa ha pensato a lui, ma non risponde col labbro che molto tardi. E la risposta è un *sì*, ma incerto e dubbioso come un punto d'interrogazione. E la cameriera non è ancora sull'uscio, che egli si alza e dice:

- Aspetta, aspetta, andrò io dalla signora a portarle la risposta....

La risposta è un altro punto d'interrogazione accompagnato da una processione di *se* e di *ma*. Forse l'amico non gradirà l'invito.... Deve passare i primi giorni in famiglia; deve trattare molti affari importanti, ch'egli ha lasciato irresoluti in patria.... Aspettiamo un altro giorno, se credi....

- Ma io non credo nulla. Volevo invitarlo per farti piacere....

- No, cara, sarebbe forse una gentilezza squisita, ma però....

- Senti, eccoti nelle solite incertezze per un nulla, per l'invito di un amico a pranzo.... Farai quel che vuoi. Io me ne lavo le mani.

Per tutto quel giorno il marito non fa nulla di nulla, ma pensa anche a tarda sera, che forse la moglie aveva ragione e l'amico avrebbe gradito moltissimo quell'invito. Un'altra volta si tratta di cosa ben più grave. La signora è molto bella e giovane e ad ogni passo semina desiderii e accende scintille. Un amico di casa ha raccolto tutto un fascio di desiderii e su lui sembran cadute tutte quante quelle scintille. Dallo sguardo che accende è passato troppo presto allo sguardo che domanda, alla parola che implora.... La signora, che è virtuosa, ne avverte il marito e invoca la difesa. Ed egli le dà ragione, se ne preoccupa e promette l'intervento diplomatico prima, armato se quello non basti. Ma, dopo aver lungamente deliberato sul da farsi, si decide che lo farà domani. E il domani viene e troppo presto. Il marito modifica il piano di difesa e di attacco. Non aveva tutto preveduto, nè a tutto pensato. Il giorno appresso si difenderà e attaccherà. Ne è sicuro. Ma il dì appresso è venuto. È entrato nel salotto, quando l'amico era da solo a solo colla signora, ben deciso a dire e a fare.... ma egli è entrato ed è uscito. senza aver detto e senza aver fatto.... E così passano i giorni e le settimane.... La signora non si lamenta più col marito delle troppe assiduità dell'amico. Il marito differisce sempre e sempre muta il piano di difesa e di offesa. E la moglie sarà frattanto rimasta ancora senza colpa? I due sposi hanno la sventura di avere un figliuolo, che non ancora uomo è già corrotto e perverso. Con un'abile ipocrisia ha saputo mostrarsi sempre corretto in casa, ma un amico svela ai genitori la sua condotta ben diversa fuori di casa.... La mamma piange, il marito impallidisce e sospira, e poi:

- Spero, che questa volta almeno saprai fare da padre, che saprai esser forte, che chiamerai tuo figlio, mostrandogli tutto il nostro sdegno, tutto il nostro dolore.... Sii uomo, per Dio!

Quella brava donnina, religiosa fin nei capelli, non aveva mai pronunziato il nome di Dio invano. Doveva esser ben forte in quel momento la sua emozione per averlo fatto. - Forse sperava che la sua energia per contagio sarebbe passata nell'anima floscia e tenerella del marito. Ma questi, asciugandosi una lagrima, non aveva saputo rispondere che un *"Chi l'avrebbe mai detto?"*

- Ma ormai conviene provvedere, se siamo ancora in tempo....

- Ma sicuro, ma sicuro....

- E cosa pensi di fare?

- Ci penserò, ci penserò; ma oggi non me ne sento il coraggio; non ne ho la forza. L'emozione è stata troppo forte....

- No, no, non c'è tempo da perdere. Luigi sta per rientrare per la colazione e tu lo chiamerai subito nel tuo studio e sarai severo, inflessibile con lui.... forse siamo ancora in tempo....

- Oh Dio mio! Dio mio! Io non ho la forza di sgridare mio figlio. Lasciami un giorno di calma.... ti prometto....

- Tu prometti sempre e non mantieni mai....

La signora esce sdegnata dalla camera, non senza dire con voce alta e prorompente:

- Ma quest'uomo non è un uomo!

Figliuola mia, ti risparmio altri quadri della debolezza umana, perchè son brutti a vedersi, più brutti a descriversi; ma essi sono infiniti di numero e svariatissimi di forme. Non sposar mai un uomo debole: quasi quasi ti direi: sposa piuttosto un uomo tiranno.

IL MARITO GELOSO.

Scommetto, cara figliuolina mia, che più d'una volta, pensando al tuo ideale di sposo futuro, te lo sei immaginato alquanto geloso; e quasi tutte le donne la pensano come te. Eppure; l'ho detto e scritto cento volte in vita mia, avete tutte quante torto marcio. Si può essere gelosi senza amare e si può amare senza gelosia. A voi pare, che un uomo, che non diffida della propria moglie, che non si mostra turbato, se un altro la trova bella e glie lo fa capire, è un uomo che vi disprezza o non vi cura. Alcune donne nei loro falsi giudizii giungono a tanto da misurare l'intensità dell'amore dal grado di gelosia. Uomo non geloso vuol dire uomo indifferente; uomo geloso, uomo amoroso; uomo gelosissimo, uomo innamoratissimo. Non auguro a queste infelici, ch'esse abbiano a trovare un marito geloso. Sarebbero ben punite dell'errore di quel loro giudizio! È naturale, che noi tutti cerchiamo di difendere dalle mani altrui quel che ci è caro; è naturalissimo che noi vogliamo conservare la nostra dolce compagna dagli artigli e dalle carezze dei briganti d'amore; ma, se abbiamo stima di lei, dobbiamo esser sicuri che nessun attacco potrà ferirla e che quando ella diffidasse delle proprie forze, ci invocherebbe come alleati suoi. Ma diffidare ad ogni ora di esser traditi, ma guardare in cagnesco ogni uomo che si avvicina a lei o le parla o le sorride, è offenderla senza diritto, è tormentarsi senza ragione; è avvolgere il proprio nido d'un fumo acre e pungente, che mozza il fiato e asfissia l'amore. Quante donne son cadute per protestare contro il marito poliziotto o carabiniere, che le circondava di spie, di tranelli; di una rete molesta di diffidenze e di sospetti! Se la virtù non basta a difenderci dalla gelosia, almeno sia geloso per qualche cosa! In quasi tutte le svariate forme di gelosia entra l'amor proprio più che l'amore. La gelosia di puro amore non è che un dolore; forte, fortissimo, ma dolore. La gelosia d'amor proprio è dolore, ma è più ancora ira, dispetto; reazione dell'orgoglio virile offeso in tutto ciò che ha di più delicato e di più irritabile. La gelosia d'amore piange e implora, si umilia e prega. La gelosia d'amor proprio schiamazza e maledice; percuote e uccide. Gli assassini delle donne infedeli son quasi sempre assolti dalla *vox asinorum* del giurì; perchè ogni giurato si sente offeso e minacciato dall'amante fortunato; ma io li condannerei, se avessi la sventura di esser giurato. Li condannerei, perchè in essi non vedo che il grido e il morso della belva umana, e perchè dopo tutto sono omicidi; e nessuno al mondo ha il diritto di uccidere un altr'uomo. Deploro e compatisco il marito, che uccide l'amante fortunato; maledico e condanno quello che ammazza la moglie o l'amante, che si lorda le mani del sangue di una donna, con cui ha diviso i baci e le carezze d'amore; che è forse la madre dei suoi figliuoli. Uccidere una donna è la più brutale delle viltà, la più animalesca delle violenze, e applaudo quelli, che dopo il delitto uccidono sè stessi. Ammazzano, ma si infliggono la pena della loro brutalità. La terra non può sopportarli, la società umana e civile non può contarli fra i suoi. *Raca* ad essi! Mille e mille volte maledetti gli assassini delle donne. E maledetti con essi i giurati e i giudici, che li assolvono, calpestando la più giusta delle giustizie! L'uomo geloso per temperamento, lo è così fatalmente, così necessariamente, che non può nascondere in nessun modo la propria debolezza, che non vorrei chiamare passione; perchè se di questa ha le violenze e gl'impeti irragionevoli, non ne ha però nè i simpatici ardori, nè gli scatti generosi. Egli è in uno stato di diffidenza cronica, che ne avvelena il sangue, che ne contorce i gesti, che ne deforma la parola e l'accento. Ogni parola di simpatia innocente o di lode diretta dalla propria moglie ad un altro è un amore che incomincia, è una violazione di domicilio. Ogni amicizia è un adulterio, un sacrilegio; un delitto che si trama o è già compiuto. Ogni uomo che si avvicina alla nostra donna è un nemico, e il sospetto si erige convulso, feroce, e diviene accusa, condanna. Al lampo della diffidenza tien subito dietro il fulmine della minaccia, l'insolenza dell'accusa, l'ingiustizia della calunnia. L'uomo geloso ha tutti i diritti, nessun dovere. L'uomo geloso è un poliziotto ed è un tiranno; per cui presenta in una volta sola tutte le insidie piccine, maliziose, ributtanti della spia e tutte le prepotenze brutali del boia. Ogni atto, ogni parola della moglie è passata alla trafila dell'inquisitore, ogni sguardo che dirige ad un uomo e ogni sguardo che l'uomo dirige a lei, è studiato colla lente d'un ottalmoscopio, più acuto di tutti quelli inventati dai medici oculisti. L'uomo geloso è sempre armato di lenti per vedere ciò che c'è o non c'è; di tutte le armi da taglio e da fuoco per ferire o per uccidere. Le armi da taglio son sempre affilate, quelle da fuoco sempre cariche e col grilletto alzato. Figurati, cara bambina mia, come si debba esser felici in tale ambiente e con un tal uomo sempre vicino, sempre diffidente, sempre pronto ad accusare o a condannare; col cipiglio dell'inquisitore, colla mannaia del carnefice! Il pretendente, il fidanzato è sempre ipocrita, volendo o non volendo, o perchè nasconde i proprii difetti o ingrandisce le proprie virtù; ma la gelosia è forse la cosa più difficile fra tutte a celarsi; perchè è prorompente, esigente; novanta volte su cento irragionevole. Sta dunque sull'attenti, quando egli ti parla e ti interroga. Ti sarà facilissimo scoprire se è geloso. Col pretesto di interessarsi a tutto ciò che ti riguarda, vorrà sapere che cosa fai, chi vedi, soprattutto chi visita la tua casa. E se fra i visitatori v'è qualche giovinetto, a lui soprattutto dirigerà la poliziesca inquisizione, domandando chi egli sia, che cosa dica, e faccia, e quanto durino le sue visite, ecc., ecc. Questa curiosità ti parrà affettuosa, sarà condita di scherzi e di reticenze, di scuse e di tenerezze; ma non illuderti. Essa non è che una forma gentile, costituzionale, della gelosia. E se vuoi sapere fin dove vada questa gelosia, se sia all'acqua di rose o invece una passione feroce e brutale, dagli per scherzo pretesti ad esser geloso davvero e con ragione, pronta a ridere a un tratto, distruggendo con una buona parola l'artificioso e innocente tranello. Sei donna e non occorre che ti dica di più. Le donne, senza aver mai studiato la chimica, sanno analizzare i sentimenti, i sorrisi, le lagrime, e soprattutto le dichiarazioni d'amore, e sanno dire quanta verità e quanta menzogna vi si contenga. E così farai tu, nello scomporre la gelosia del tuo fidanzato, per vedere, se sia sincera o finta, e quanto contenga d'amore e quanto d'amor proprio.

IL MARITO BRONTOLONE.

Ti ricordi, bambina mia, la gita che si fece nell'ottobre scorso a Vigiona coi tuoi cugini? Una gita che riuscì gaia e divertente a furia di contrattempi e di incidenti buffi e inaspettati. Riuniti tutti sulla piazza di Cannero alle sette del mattino si strologava il cielo per sapere se si dovesse partire o restare a casa. Era piovuto un pochino nella notte e l'erba dove si doveva merendare doveva esser bagnata.... Dicevano i pessimisti. Ma, soggiungevano subito gli ottimisti: se è piovuto a Cannero, non è una ragione per dire, che sia piovuto anche a Vigiona. Spesso piove alla riva del lago ed è sereno sulla montagna. Più spesso però accade il contrario, ripigliavano gli amici di Schopenhauer. E gli altri (e tu eri con loro, angelo mio):

- Ma non vedete come a Macagno e a Luvino brilla il sole. Avremo una giornata bellissima; serena e fresca.

- Bravi, bravissimi. Se è sereno sulla sponda lombarda, è perchè soffia il vento di levante, che fra noi porta sempre il brutto tempo.

- Dunque?

- Dunque?

Gli ottimisti erano in maggioranza, perchè erano più i giovani che i vecchi. E la carovana partì. I ciuchi coi ragazzi e le signore davanti, i giovanotti, e gli uomini a piedi con tanto di *alpenstock*, come se si dovesse salire il Monte Bianco, e dietro a tutti la buona Janna, che portava sulle sue spalle di bronzo la gerla piena di viveri. Giunti a Trarico, dopo un continuo rimpiattarsi ed affacciarsi del sole, e un continuo alternarsi di pessimisti, che nel primo caso gridavano trionfanti:

- Ma non l'aveva detto io! e degli ottimisti, che esclamavano ridendo:

- Ecco il bel tempo!

Si ebbe una vera scossetta d'acqua, che rimise sul tappeto la questione, se si dovesse continuare il viaggio fino a Vigiona o se si dovesse fermarsi a Trasico, chiedendo ospitalità in un'osteria. Ma anche questa volta dopo la piccola pioggia riapparve il sole e gli ottimisti ebbero ragione una seconda volta. Tu, Emma mia, ti ricordi di certo più di me, i buffi incidenti della nostra gita, ch'io ti ho ricordato soltanto per rivivere un'ora con te e per rammentarti l'ultima scena, la più comica fra tutte, quando finita la merenda, si volle accendere il fuoco sotto un grosso castagno, per farvi cuocere delle bruciate e mangiarle calde calde là su quell'erba molle, che aveva tutti i profumi autunnali del monte. Ognuno di noi portava foglie e stecchi, e ramoscelli e carta; ma tutto era umido, tutto era bagnato e appena si era riusciti con grande stento e pazienza grandissima a accendere le foglie; i ramoscelli imbevuti d'acqua non davano che fumo. Tutti accovacciati intorno a quel focolare: chi soffiava, chi faceva riparo col suo corpo a un venticello impertinente, perchè tutto quel fumo si cambiasse in fiamma; ma tutti i nostri sforzi insieme riuniti a nulla approdavano. Il fumo ora era azzurro, ora era bianco; ma mutando colore non cessava di esser molesto, insopportabile e ci entrava negli occhi per farli lacrimare, nella bocca per farci tossire. In un momento di tregua del vento, si ebbe un po' di rosso in mezzo a tutto quel bigio e si gridò dagli ottimisti:

- Vittoria!

E dai pessimisti:

- Aspettate un poco!

Ma poi il fumo ritornò molesto, incorreggibile, insopportabile, e dopo un'ora di eroismi alleati, ma ahimè impotenti, si dovette rinunziare a aver del fuoco e delle bruciate. Quando si raccolsero le sparse membra e i *kiökkenmoedings* della nostra merenda per ritornare a casa; prima di scendere dall'altipiano si guardò tutti con un moto unanime e involontario al nostro fuocherello acceso invano e i pessimisti esclamarono:

- Fuma ancora!

Io ti ho ricordato questa nostra gita, che di certo non hai dimenticata, per dirti, che il marito brontolone è in tutto eguale a quel nostro fuocherello, che abbiamo acceso sul prato di Vigiona e che non dava che fumo. Puoi essere ottimista e cortese e indulgente finchè vuoi coll'uomo brontolone, ma egli troverà sempre qualcosa da criticare, qualche ragione per lamentarsi, per deplorare.... Tu gli prepari una sorpresa affettuosa ed egli si gratta in capo esclamando:

- Io non amo le sorprese.

Oppure:

- Che cosa ti è venuto in mente? In questi tempi una spesa inutile è una colpa e conviene pagar caro il piacere che ci procura. - Ecco il fumo!

E a tavola, quando stomaco e cuore siedono insieme, l'uno accanto all'altro per cantare uno dei migliori duetti di questo mondo; quando tu sorridi, vedendo fumare la zuppa odorosa e le manine impazienti dei tuoi bambini preparare le armi del cucchiaio e della forchetta per l'allegro combattimento; ecco che il brontolone trova la bottiglia fuori di posto e la minestra troppo cruda o troppo cotta. Ed ecco il fumo! Si va a spasso per prendere una boccata d'aria. Tu sei lieta, perchè ti senti bene, perchè i tuoi figliuoli sono sani, ben vestiti e allegri. Dai il braccio al marito brontolone ed egli non è ancora uscito di casa, che ha scoperto una grossa nube nel cielo e profetizza il vicino temporale. Perchè non hai portato l'ombrello?... Perchè siamo usciti? Tanto era meglio aspettare domani o un altro giorno qualunque. E per tutta la passeggiata quella nuvola è discussa, lambiccata, ed è unico argomento della noiosa e fredda conversazione. Ecco il fumo! E bada bene di voler disarmare il brontolone collo scherzo amoroso, colla barzelletta faceta. Sarebbe come soffiare nel fuoco di Vigiona. Più si soffiava e più faceva fumo. L'uomo brontolone ha l'amaro in bocca e convien che sputi. Se gli metti dello zucchero in bocca, anche lo zucchero divien tossico; perchè il suo amaro è come quello del chinino, che è profondo ed è eterno. E se gli chiudi la bocca, perchè non sputi, la saliva amara gli si accumula in bocca e gli fa groppo alla gola e allora, poveri noi, invece di uno sputo, avremo una mitraglia di tutti gli escrementi morali, che secerne un fegato itterico, un cervello malazzato. Dio e la provvidenza e la fortuna ti liberino dal marito brontolone! Quando dormi è una pulce, più spesso anzi una cimice. Potrai schiacciarlo, ma anche morto ti lascerà il fetore nella mano. Se leggi è una mosca, che più si caccia via e più ritorna a molestarti. Se sei allegra è il rintocco della campana che suona a morto. Se vuoi pensare è l'organetto, che sotto alla tua finestra strimpella una suonata monotona. Se vuoi scherzare è il pedagogo, che alza la ferula per farti tacere. E se vuoi tacere è il pettegolo ciarlone, che ti vuol compagno nelle sue ciarle. Se vuoi rinfrescarti, ti mette una pelliccia sulle spalle. Se vuoi riscaldarti ti soffia in viso; ti ferma se cammini, e ti fa camminare se vuoi riposarti. Pulce, cimice, mosca, campana, organetto, pedagogo, pettegolo, importuno perpetuo; il marito brontolone è più che un malefizio, è una sventura: più che una sventura è una disperazione....Egli è il fumo vivente, è il fumo eterno, che ci promette il fuoco dell'inferno domestico.

IL MARITO AVARO.

L'avarizia è uno dei difetti più difficili a scoprirsi in un fidanzato; e siccome è fra quelli che necessariamente, inevitabilmente crescono cogli anni; apri grandi gli occhi, figliuola mia, per scoprirlo. Il fidanzato è sempre generoso, sia o non sia innamorato. Se ti ama davvero, se ti desidera, non vi è occasione ch'egli non colga al volo per farti un dono, per fare un'opera di carità dinanzi ai tuoi occhi. Se ne pentirà forse domani, ma quando ti vede, l'avarizia fugge via e si appiatta; e tu lo vedi largo, generoso, fors'anche spensierato. Se non ti ama, ma ti vuol sua per ragioni di convenienza economica o gerarchica, con maggior ragione ti si mostrerà splendido nel dare. Egli sente il bisogno di nascondere il vuoto del suo cuore e la mancanza d'amore vien ricoperta coi fiori della generosità. Pur troppo non son diversi nel colore e nel profumo i fiori, che si comprano dal fioraio e quelli che si coltivano con lungo affetto nel proprio giardino e si colgono ad uno ad uno con intelletto d'amore e sapiente elezione. Il fidanzato dunque, figliuola mia, è sempre generoso; in apparenza o in realtà; ma conviene saper distinguere l'uno dall'altro; il che è difficilissimo. È vero che tu potresti pigliar informazioni dagli amici comuni, dalle persone di servizio, dall'opinione pubblica; ma è impresa pericolosa e di incerto esito. Non ho mai saputo capirne il perchè; ma è dimostrato, che le informazioni che si chiedono sul valore di un uomo o di una donna, come candidati al matrimonio, son sempre incerte o false, o, nei casi migliori, contraddittorie. Tutti hanno paura di dire il vero, se il vero è brutto; mentre poi molti hanno invidia della felicità altrui, e perciò esagerano i difetti od anche li inventano. Il coraggio civile è la rarissima fra tutte le virtù sociali; e per dire a una mamma o ad un babbo che chiedono di un fidanzato: cari miei, è un farabutto, o uno stupido o un fannullone; ci vuole un coraggio che pochissimi hanno. È così raro questo coraggio, che si nasconde o si maschera la verità anche quando si tratta di una cameriera o di un cuoco! Dunque, figliuola mia, tu devi scoprire l'uomo avaro o che è sulla strada di diventarlo; coi soli tuoi occhi, colle sole tue forze. Ecco ciò che mi ha insegnato la mia lunga esperienza: L'avaro o il candidato all'avarizia, anche nella più semplice e fredda conversazione, sottolinea sempre tutte le parole e tutti i numeri, che si riferiscono al denaro, ai capitali, alla ricchezza in genere e sotto tutte le sue forme svariate. Per lui la moneta, gli scudi, le rendite, l'oro, l'argento, il capitale, i frutti, son parole sacre, ch'egli pronunzia con una emozione inconscia forse, ma che si tradisce all'accento. Quanta psicologia celata, misteriosa e potente sta nascosta nell'accento, che diamo alle parole! Quante volte io ho scoperto un amore celato nelle più profonde pieghe dell'anima, al solo sentire pronunziare da un labbro il nome di un uomo o di una donna! Il discorso camminava piano, sereno, senz'urto e senza scosse; ma la voce che doveva tradurre quel nome si abbassava a un tratto di una o due note o si faceva leggermente tremula o tutto al contrario, si innalzava saltellando disinvolta, come se volesse nascondere la trepidaziane, con cui il cuore accompagnava quella cara parola. Ciò che è l'essere amato per chi ama è il denaro per l'uomo avaro. Spiatelo soprattutto, quando deve pronunziare la parola *milione* o *milionario*. Egli si esalta, alza il tuono della voce, si gonfia le gote, e quei vocaboli, come gente in festa, ti suonano all'orecchio preceduti da trombe e tamburi e seguiti da una fanfara di punti di esclamazione e di ammirazione.Ma che si celia? - Un *milione*! Il sogno diurno e notturno di tanti milioni di bipedi implumi; il prurito eterno di tanti operai della grande officina umana, il sole di mille e mille pianeti e pianetucoli; il Dio, a cui tante e tante creature portano in tributo la loro viltà, il loro ingegno, la loro dignità; tutti gli affetti di figlio, di padre e di cittadino. Ma che si fa celia? Un *milione* è un *millllione*! - Un altro segno caratteristico dell'avaro è la carezza, ch'egli fa alla moneta o al foglio di banca, che sta per dare; sia per pagare un semplice contarello o per numerare una grossa somma. Egli non maneggia il denaro, come un altro oggetto qualunque; ma con un rispetto amoroso, con una tenera devozione. Per lui rappresenta il valore dei valori, la forza delle forze, e se potesse farlo decentemente, quando deve maneggiare una forte somma, si caverebbe il cappello. Invece egli si accontenta di far scivolare monete e biglietti l'un sull'altro e colle dita strette, quasi gli costasse il separarsene e volesse ad ogni singola moneta,

d ogni singolo foglio, dare un saluto amoroso, pieno di affetto e di rimpianti. Se fossi un gran pittore psicologico, vorrei fare due quadri e metterli l'uno di fronte all'altro, come due faccie d'uno stesso prisma, Nell'uno e nell'altro lo stesso uomo, ma nel primo quando conta del denaro che deve pagare; nell'altro quando conta del denaro che gli vien pagato. E sotto scriverei: *Paga! - È pagato!* E vi assicuro, che in quei quadri saprei mettere tante quantità d'uomo, da lasciarne davvero pochino al di fuori di quelle due cornici. L'avaro, quando vede una bella cosa (fosse pure un oggetto d'arte), s'informa subito quanto sia costata o domanda a sè stesso quanto potrà costare; perchè di tutti i valori, che può rinchiudere un oggetto qualsiasi, il suo prezzo è per lui ciò che più lo interessa. Tutti i problemi della vita, tutte le questioni politiche e sociali, tutti gli incidenti e gli accidenti degli individui e delle nazioni sono per lui foderati da una questione di denaro, e là ferma il suo sguardo e là dirige i suoi sguardi e le sue meditazioni.

- Che bella ragazza! dirà uno.

Ed egli subito:

- Ed ha trecento mila lire di dote!

Si dirà che un tale ha avuto un impiego. Ed egli di rimando:

- Ma non ha che lo stipendio di tre mila lire all'anno.

Il socialismo è null'altro che un'invidia del denaro altrui, le rivoluzioni sono spostamenti di ricchezze e via di seguito. Bambinuccia mia, non sposare un uomo avaro. Suppongo che il tuo fidanzato sia giovane, e s'egli è avaro, benchè giovane, figurati come lo sarà coi primi capelli bianchi, quando l'economia è necessaria difesa della vecchiaia imminente; quando anche gli spensierati incominciano a divenir previdenti. L'avarizia è fra le passioni umane una delle più abiette e che spande in più largo giro la sua influenza triste. Un'influenza che raffredda, isterilisce e mummifica tutto ciò che tocca. Io m'immagino sempre di vedere nelle mani dell'uomo avaro un paio di forbici rugginose e stridenti, sempre pronte a recidere ogni ramo che germoglia sull'albero della vita, ogni fiore di entusiasmo che si apre nelle aiuole della giovinezza e della felicità. Passione rachitica, anemica, scrofolosa, che si pasce di *se* e di *ma*; che spegne tutte le fiamme della poesia e chiude tutte le finestre per paura di disperdere il calore della stufa. Origene che si mutila per paura del peccato; un'atrofia cronica e volontaria del cuore, dei muscoli e del cervello; un'asfissia lenta, che nel nido della famiglia semina le muffe e coltiva tutte le lebbre morali, spirituali e estetiche. Figliuola mia, non sposare mai un uomo avaro!

IL MARITO LIBERTINO.

La nostra società corrotta, ma ipocrita; libertina nelle opere ma puritana a parole; impone alla fanciulla l'ignoranza più completa, e l'ideale di una giovinetta che va a sposa, e che è forse donna da tre o quattro anni, è quello di non sapere come nascono gli uomini e come si fanno. Essa dunque deve pure ignorare, che cosa voglia dire la parola *libertino*; e a questo proposito ricordo che in una conversazione, essendosi parlato di un tale, dicendolo libertino; la padroncina di casa interruppe il discorso, domandando a bruciapelo:

- E che cosa è un libertino?

La mamma, presa all'improvviso, si gargarizzò la gola con quella tossicella artificiale, che è un artifizio molto comune agli uomini e alle donne per prender tempo e trovare una risposta difficile. E poi, come di scatto:

- L'uomo libertino è un uomo troppo liberale.

Ma tu, caro tesoro mio, sei stata educata diversamente da tutte le altre tue compagne, e benchè innocente, sai benissimo che cosa sia un *libertino*. Siccome però, se il giovane che ti facesse la corte per sposarti, fosse libertino, nasconderebbe questa sua magagna con tutte le arti della più abile ipocrisia; è bene che io ti insegni a quali caratteri lo potrai riconoscere. E aguzza l'occhio e tendi l'arco dell'attenzione, perchè i libertini son quasi sempre molto simpatici e le donne hanno una tendenza a trovarli carini e ad amarli. Eppure sono cattivi mariti e spesso anche pessimi padri. Nella loro moglie, come in generale in tutte le donne, essi non vedono che la femmina. E l'amano o piuttosto la desiderano finchè è giovane e bella; sprezzandola appena cade sul suo capo la prima neve o compare sul volto la prima ruga. Essi sono tutti del parere di quel loro collega, che un giorno diceva sospirando:

- Perchè mai quando la moglie ha quarant'anni, non si può congedarla per prenderne due che abbiano vent'anni ciascuna? Non si può forse cambiare senza frode un biglietto di 50 lire in due biglietti, di 25 lire ciascuno?

Il giovane libertino che ti fa la corte, ti guarda in faccia con occhi ardenti e senza alcuna timidezza, e il suo sguardo ti obbliga quasi sempre ad abbassare gli occhi e ad arrossire. Egli non si accontenta di guardarti in volto, ma i suoi occhi vanno in su e in giù dal capo ai piedi e ti abbraccian tutta; e tu te ne senti offesa, come se ti dirigesse parole audaci e sconvenienti. Una signora molto perbene mi diceva una volta:

- Io non so spiegarmi il perchè, ma quando mi guarda il marchese R. io mi sento come se fossi nuda, e mi guardo e mi riguardo per vedere se davvero io sono vestita....

Il marchese R. era infatti un gran libertino. Il giovane libertino però non si accontenta di guardare. Egli trova ad ogni momento un pretesto per toccarti il vestito o per toccare il tuo piede col suo.

Trova sempre, che hai un ricciolo fuori di posto e lo vuol mettere al suo posto. Se ti dà la mano, trattiene la tua a lungo nella sua e l'accarezza teneramente, e te la stringe forte, in modo da farti arrossire. Quella stessa signora di poc'anzi mi diceva:

- Io cerco sempre di evitare la stretta di mano del marchese R. Essa mi sembra un oltraggio.

Bada molto anche ai suoi discorsi. Più d'una volta egli ti farà dei racconti in apparenza innocentissimi, ma li interromperà ghignando coll'occhio o sorridendo col labbro; come se volesse farti capire, che non dice tutto quel che potrebbe dire e vorrebbe però che tu capissi anche ciò ch'egli non dice. Tu non capirai nulla, ma egli continuerà a sottolineare certe parole, con una ghignatina o con un sorriso pieno di malizia. Tu non lo sai, ma quelle ghignatine e quei sorrisi nascondono un'impertinenza e nel mondo morale sono veri oltraggi al pudore, Se tu visiti una galleria o una esposizione di quadri con lui, egli si fermerà sempre davanti ai quadri, dove vi è qualche figura poco vestita o qualche Venere senza la camicia e guardandoti cogli occhi ardenti ti sorriderà maliziosamente, invitandoti a guardare o ad ammirare. Se ti presta un libro, troverai un segno dove si descrive una scena d'amore, o ti leggerà egli stesso quella pagina, commentandola coi suoi sguardi diretti, a te. Potrà accaderti anche questo. La tua giovane cameriera entra nel tuo salotto e ti annunzia la visita del tuo pretendente.

- Fallo entrare....

Ma mentre tu dici queste parole, hai guardato la cameriera e l'hai trovata rossa in volto e molto turbata. Un momento dopo non te ne ricordi più, ma pochi giorni dopo, il pretendente ti fa un'altra visita e tu rimarchi lo stesso rossore e lo stesso turbamento nella tua cameriera. Ti pare questa volta, che anche la sua voce sia alquanto tremula. Alla terza e alla quarta volta che si ripete la stessa scena, tu senti il bisogno di interrogare la fanciulla, quando essa ti accompagna a letto per svestirti. - Ma dimmi un poco, Silvia, perchè quando viene l'ingegnere M. tu entri sempre in salotto colla faccia rossa e il volto turbato? Ciò non ti accade mai, quando annunci altre persone.... Silvia diviene rossa più che mai e non risponde.

- Dimmi la verità, Silvia... lo voglio.

- Signorina... non lo so.

- Lo devi sapere....

- Ma, signorina mia, ella sa che sono tanto timida.... I giovanotti mi fanno suggezione....

- Ma ciò non ti accade mai, quando parli con mio fratello, quando mi annunci il dottor B. o l'avvocato T.; che sono anch'essi giovanotti e per di più molto belli....

- Ma il signorino lo vedo ogni giorno e gli altri... gli altri non mi fanno suggezione....

Qui Silvia abbassa gli occhi, poi si soffia il naso. Pare che stia per piangere e poi:

- Ecco, cara signorina, io non volevo dirglielo, perchè non me ne sentiva il coraggio e poi e poi, perchè....

Silvia si ferma e piange.

- Perchè.... perchè mi pareva, che l'ingegnere fosse il di lei fidanzato e non voleva dirne male....

- No, di' pur tutto, l'ingegnere non è mio fidanzato....

- Ebbene, allora le dirò tutta la verità. Quel signore, appena entrato in anticamera, prima ancora di domandarmi se la signorina è in casa, mi prende per il ganascino, o mi vuol abbracciare, o prende con me altre confidenze di questo genere.... L'ultima volta, mentre io le levavo il soprabito.... Signorina, non ho il coraggio di dirglielo....

- Su, su, voglio saper tutto.

- Ebbene mi ha abbracciato e mi ha dato un bacio....

- E tu l'hai lasciato fare? E non me l'hai detto subito?

- Che cosa vuole! mi ha preso all'impensata ed io avevo vergogna a parlarle di queste cose; ma me lo lasci dire, l'ingegnere è un gran farabutto.

Figliuola mia, un giovane che è innamorato di una signorina, che va a farle visita, deve avere lo stesso tremito con cui un credente si avvicina all'altare; deve sentirsi puro d'ogni basso istinto, e se invece ha tempo e voglia di pizzicare una cameriera, non deve avere nell'anima la menoma idealità. Egli è di certo un libertino e se ti vuol fare sua sposa è per concludere un buon affare o per soddisfare un bisogno dei sensi. Dopo quel dialogo tu devi chiudere la porta al pretendente e trovarti sempre fuori di casa, quando egli viene a farti visita.... Vada ad abbracciare altre cameriere e si cerchi un'altra sposa. Quanto a te, devi fargli capire in un modo o nell'altro, che a lui deve applicarsi il verso: Lasciate ogni speranza....

IL MARITO STUPIDO.

Tesoro mio, ti farei troppo torto, se io credessi in te la possibilità di innamorarti d'un uomo imbecille e di non saperlo distinguere dopo pochi giorni di conoscenza. Vi sono pur troppo donne, che hanno sposato uomini stupidi, perchè eran ricchi e portavano una corona irta di corna nello stemma di famiglia. Anche le più ciniche, anche quelle che riguardano il marito come un podere o come un salvacondotto, finiscono per pentirsi di questa loro prostituzione. La donna che si vergogna del proprio compagno, che deve arrossire di lui in ogni conversazione, sente minorata anche la propria dignità, e quando i suoi figliuoli son grandicelli ed è costretta a compatire davanti ad essi il loro padre, prova uno di quei dolori profondi, muti, che solcano l'anima come un ferro rovente. La donna deve essere fiera del marito suo, e della sua gloria; e del suo ingegno gode quanto lui e più che lui. Essa perdona la bruttezza, i capelli bianchi, perfino le infermità vergognose: non perdona mai l'imbecillità. Se vi è una virilità del corpo, ve n'ha un'altra più alta e più vitale; quella dell'ingegno e dell'energia del carattere. E a questa per onor suo la donna tiene assai più che all'altra. Essa è nata come la vite per appoggiarsi all'albero e quando è costretta invece a sostenere il compagno, può giungere forse fino alla pietà, all'amore giammai, e all'amicizia neppure, perchè non si può aver per amico chi non si stima. Quando una donna si è venduta ad un ricco imbecille, quando nel giorno si è inebbriata del fasto di un attacco sontuoso, quando ha portato in giro con intima compiacenza le sue gioie, i suoi vestiti di velluto; quando ha gettato in viso alle amiche con sfacciata vanità i suoi servi; essa rientra in casa e seduta accanto al suo imbecille rumina quelle false gioie, che si mutano in bocca in altrettanto fiele. Più d'una volta fin nell'estasi d'amore è svegliata da una osservazione idiota, da una esclamazione cretina e dal fondo del cuore straziato le sale al labbro il grido di leonessa ferita:

- E costui è mio marito! Ed io porto il nome di questo idiota!

È allora, che il rimorso e la vendetta si fanno alleati inseparabili in quell'anima pentita e alla corona di conte del marito crescon le corna all'infinito. Se la corona è di marchese, le corna fioriscono e rifioriscono con fecondità deliziosa. Ma perchè mai, figliuola mia, tormento me stesso descrivendo un marito, che tu non avrai giammai? Se però tu avrai un santo orrore per tutti gli uomini stupidi, devi imparare a conoscere gli imbecilli incompresi. È una specie pur troppo non rara e che inganna anche i buoni osservatori. L'imbecille incompreso ha tutto l'aspetto esteriore dell'uomo normale e può perfino simulare un forte ingegno. È stupido di dentro, ma porta una vernice, che finge l'ingegno. È nato senza talento, ma con molta furberia, e questa gli ha insegnato per tempo a nascondere ciò che gli manca. Egli tace molto e volentieri, e tanto più, quando si parla di cose alte, di questioni gravi, nelle quali appunto l'ingegno vero scatta e scintilla. In queste occasioni l'idiota incompreso corruga la fronte e si fa serio, molto serio e ti accompagna nel tuo discorso con un accennar del capo, come se seguisse con viva curiosità il tuo pensiero. Quando tu esci con un'affermazione ardita o con una domanda prorompente, egli allora getta nel tuo discorso un energico punto ammirativo, quasi sempre accompagnato da un sorriso malizioso, che sembra covare in sè chi sa quanti pensieri; quante finezze di critico, quante astruserie di dubbii e di sottintesi. Quando gli pare che i muscoli della faccia non bastano, egli lancia nello spazio un *pur troppo* o un *lo credo io* o un *sempre così* o un *già si sa!* e tante altre frasi sempre accompagnate dal rispettivo punto d'esclamazione e dal relativo sorriso. Il dizionario dell'imbecille incompreso rassomiglia in tutto al guardarobe di un artista drammatico. Tu vi trovi corone di talco che son dogmi altissimi; corazze di latta, che rappresentano l'ignoranza in atto di difesa; pugnali di legno, che son ragionamenti senza senso; durlindane di princisbecco, che devono esser prese per spade di Toledo; e tutta una vetrina di false gemme che devono esser prese per gioielli di spirito e di acume. Fra tutta quella roba puoi trovare anche un pugnale vero, che taglia davvero, un diamante vero, che brilla davvero; ma allora sta pur sicura, che è roba rubata e imparata a memoria per servirsene nelle grandi occasioni. Ricorderò sempre la strana impressione, che mi fece una volta un lavoro scritto con invidiabile sicumera da un minchione, che voleva aspirare alla gloria d'autore. Leggevo con molta attenzione quello scritto, che mi pareva in complesso l'aborto d'una mente idiota; ma fra quelle parole senza pensiero, fra quelle frasi senza sugo, trovavo a un tratto un'idea luminosa, un concetto ardito, che pareva una gemma caduta nel fango. Subito dopo però l'imbecillità riprendeva il filo, che poi era interrotto di nuovo da un nuovo gioiello. Alla fine capii di che si trattava. Erano gemme tolte alle corone dello Stuart Mill e dello Spencer e incastonate nella mota. Gli imbecilli incompresi nei loro discorsi fanno come quel povero scrittore, che aspirava alla gloria, senza aver diritto neppure a mangiare il pane quotidiano del senso comune. L'imbecille incompreso e furbo possiede un'altra astuzia. Oltre il sapiente silenzio, oltre l'abile ed agile maneggio delle interiezioni e dei gesti che devono tener il luogo delle idee; sa dopo pochi momenti indovinare il livello intellettuale delle persone con cui egli si trova. Se queste stanno molto in alto per ingegno e per coltura, tace sempre con ostinata fermezza, sicuro di guadagnarsi così almeno e alla peggio il merito di modesto. Se invece chi gli parla è al disotto della media, allora egli discorre senza dir nulla, ma abbagliando gli ignoranti colla confusione delle frasi o l'oscurità del pensiero riesce a farsi credere qualche cosa o qualcheduno. Ha anche un'altra furberia, quella di parlar sempre di cose ignote o mal note ai presenti. L'arte di osservare gli uomini non è fra le più comuni e con grande mia meraviglia ho sentito questi giudizii dati da uomini d'ingegno su imbecilli incompresi: Egli non è eloquente di certo, ma ha una grande profondità di analisi. La sua testa non è molto ordinata, ma egli ha una grande originalità d'idee. Che fantasia! Peccato che egli si esprime sempre in una forma oscura e avviluppata. Parla poco, ma pensa molto! - Egli sa certamente assai più di quel che dice. E simili! Conosco un falso grand'uomo, che a furia di silenzi ostinati, di corrugamenti sapienti del muscolo frontale, di esclamazioni ingegnose, è riuscito a farsi credere un forte ingegno. Ha avuto una cattedra, la Commenda della Corona d'Italia, non so quanti titoli accademici; ed oggi siede nell'Olimpo d'una famosa Accademia accanto a molti veri grandi uomini, che ogni giorno si domandano meravigliati l'un l'altro:

- Ma che cosa ha fatto egli?

- Io non lo so. Dicono che sia un forte pensatore. Ha scritto poco, ma quel poco ha un gran valore.

- L'avete letto?

- Io no, ma lo dicono tutti. -

Quell'accademico è un imbecille incompreso!

IL MARITO FANNULLONE.

Per quanto so e posso, figliuola mia, ti prego, ti riprego e ti scongiuro, magari mettendomi in ginocchio: non dar mai la mano di sposa a un fannullone. E ciò pur troppo ti può capitare facilmente, se sposi un uomo molto ricco. Fra noi il far nulla è un dovere di chi può vivere delle proprie rendite, e mentre si ride di cuore dei nobili della Cocincina, che custodiscono le unghie delle loro mani in astucci di avorio, d'oro o d'argento per dimostrare a tutti che essi non le prostituiscono al lavoro; non ridiamo di molti nostri nobili, che si vergognerebbero di avere un diploma di ingegnere o di giurisprudenza. Per me gli artigli lunghissimi degli Annamiti valgono il pregiudizio dei nobili italiani. E dico italiani, perchè in molti paesi d'Europa e d'America, che sono assai più avanti di noi, il far nulla non è titolo di nobiltà; ma è vergogna, di cui anche i più ricchi arrossiscono. A Londra per esempio vi sono signori, che hanno molti milioni e che lavorano nel commercio, nell'industria, o fanno della scienza o dell'arte o della letteratura, o viaggiano continuamente per distrarsi o per istruirsi, o alla peggio amministrano i loro beni, occupandosi di agricoltura. Io conosco invece in Lombardia alcuni signori, che non hanno mai veduto le loro terre! È vero però, che più d'una volta i loro fattori o i loro fittabili diventano i loro padroni ed essi muoiono crivellati di debiti e uccisi dalla noia e dai vizi. In Inghilterra, in America nessuno porta le unghie annamite, nè alle mani, nè nell'anima. Figliuola mia, prima di dire il sì fatale e inesorabile, che lega la tua vita a quella di un uomo, guardagli le unghie. Il ricco fannullone mena una vita, ch'io non vorrei per un giorno solo, anche col compenso di centomila lire di rendita. Se è giovanotto, alle undici del mattino è sempre a letto e dorme ancora. Poveretto è andato a letto così tardi! Il cameriere ha l'ordine di svegliarlo a quell'ora e alle undici egli ha bussato timidamente alla porta della camera da letto:

- Signor conte, sono le undici!

Una voce sonnacchiosa o un po' indispettita risponde:

- Sta bene, Carlo, ritorna fra mezz'ora.

Alle undici e mezzo il giovane conte si è di nuovo addormentato e un secondo picchio all'uscio lo risveglia una seconda volta.

- Sta bene, sta bene, mi alzo.

Ma alle undici e tre quarti il cameriere non ha ancora udito il campanello, che deve chiamarlo a vestire il giovane patrizio. La colazione è già servita. La famiglia è tutta a tavola, ma il conte non si vede. Ha dovuto alzarsi di furia, vestirsi di furia, lavarsi male, e con un quarto d'ora di ritardo finalmente è seduto a tavola anche lui, salutato freddamente con un'aria di rimprovero generale. Egli però è abituato da un pezzo a quei muti rimproveri. Mangia con poco appetito, sbadiglia ancora fra un piatto e l'altro e non si risveglia del tutto, che dopo aver preso il caffè. Ciarla, fuma, scherza, e se non è troppo stanco, passa nella sala da bigliardo per fare una partita con uno dei suoi. - Bisogna cercare di far venire le tre. E le tre vengono lentamente, noiosamente. Fa attaccare la carrozza e va in città a far qualche visita, per lo più a gente noiosa, o annoiata come lui; a meno che non sia a qualche donnetta allegra, che gli svuota le tasche e il cervello. Intanto o bene o male son venute le cinque; ed egli va al club. Fino alle sette la noia è scongiurata, perchè egli parla coi suoi eguali dei pettegolezzi della città o giuoca alle carte. Le sette son suonate: la carrozza lo attende alla porta del club, e in un quarto d'ora è a casa, dove si veste e va a tavola. L'appetito non è buono, benchè egli abbia preso un *fernet* o un *vermut*. In ogni modo il pranzo è finito e da capo un altro caffè e altri sigari fanno venire ben presto l'ora del teatro o del ballo o della serata in casa del marchese B. o del duca C., quando egli non ritorni al club per giuocare fino al mattino, passando d'angoscia in angoscia, quando perde troppo; e dovrà il giorno dopo battere alla porta dell'usuraio per far dei debiti a babbo morto. Molti e molti giovani passano la vita a questo modo o con poche varianti. Sanno però parlare il francese e l'inglese e hanno una vernice molto sottile di coltura letteraria e in società si fanno ammirare per la loro toeletta inappuntabile ed anche per un certo spirito. E questi aborti della civiltà moderna osano prender moglie. Dopo aver lasciato più che mezza la loro animuccia grama e il loro corpiciattolo nevrosico nelle sale da giuoco o nei *boudoirs* delle ballerine, aspirano al matrimonio, alla funzione massima di far felice una donna e di mettere al mondo degli uomini. Essi non devono lasciar morire un gran nome, essi devono ristaurare con una buona dote le loro finanze logorate profondamente dal tappeto verde e dai vizii. E si maritano e danno la mano ad una signorina buona, gentile, pura; che nello sposo spera trovare un amante e nell'amante un poema di estasi deliziose e di sognate idealità. Poveretta! Il marito fannullone non perde di certo l'abitudine dell'ozio a 35 o a 40 anni, e nella noia della famiglia, tramontata ben presto la luna di miele, trova un nuovo e più potente pretesto per ritornare al club e al giuoco, che solo può dargli una forte emozione, che gli dà la coscienza di vivere. La sposina lo ama, lo invita al pianoforte o alla lettura in due o alle intime delizie dell'amore; ed egli la lascia fare; ma a un tratto sbadiglia, sbadiglia a lussarsi le mascelle e ad ogni sbadiglio cade una doccia ghiacciata sul cuore della povera sua compagna, che invano tenta di convertire un'oca in un'aquila o di stillare del sangue caldo nelle vene di un rospo. Mi dirai, fanciulla adorata, che io esagero, che io ti faccio una caricatura e non un ritratto; ma ti assicuro che anche il ritratto è brutto e ributtante. Non tutti i fannulloni sono di questa ideale perfezione, ma anche i fannulloni volgari sono insopportabili e spandono intorno a sè una nebbia di noia, che smorza ogni fuoco d'entusiasmo, che appanna ogni luce di poesia. E senza poesia che cosa è la vita? Lo so anch'io: vi sono dei fannulloni innocenti, buoni, che amano le loro mogli, che non sono neppur giuocatori; ma che della noia hanno fatto la loro atmosfera, e non sanno escirne per respirare un'aria più vitale, più fresca, più inebbriante. Essi non sono mai stanchi che d'una sola stanchezza, quella dell'ozio; mentre l'uomo per sentirsi vivere, per godere della vita deve provare ogni giorno un'altra stanchezza, l'unica salubre, l'unica umana; quella del lavoro. Sia pure lavoro di sport, a cavallo o sul velocipede o sopra un yacht o a caccia, o lavoro di pensiero nel gabinetto, nello studio, tra i campi, nel vagone o sul piroscafo del viaggiatore. Il lavoro ha tante vie, che a percorrerle tutte un uomo dovrebbe vivere cento vite. E l'uomo che lavora, quando ritorna a casa e cerca la moglie e sorridendo le narra il frutto dei suoi travagli, trova un altro sorriso, che risponde al suo; e prova l'ebbrezza di chi entrando in un giardino è salutato dai fiori, che per lui esalano il profumo delle loro corolle; e l'amore lo riposa dalla stanchezza, e la coscienza di non aver vissuto invano gli fa tener alta la fronte e gli fa brillar l'occhio di gioia. Senza fatica, nessun riposo; senza travagli nessuna gioia. È in alto che fioriscono i fiori più belli, che si godono i più larghi orizzonti, e per salire convien sudare. Infelici, tre volte sciagurati coloro che non hanno mai sudato che di calore. Figliuola mia, non sposare mai un uomo ozioso. Oso dire per lunga esperienza, che il marito fannullone è il peggiore di tutti i mariti. E tu nella tua mente poetica, nella tua fede nel bene non sperar mai di potere colla tua influenza trasformarlo in un lavoratore. Lo stesso sarebbe pretendere di mutare una tartaruga in una rondine o di trasformare un gufo in un'aquila!

Le professioni rispetto alla felicità nel matrimonio.

Caro tesorino mio, *niña de mis ojos* (come ti direi in Spagna), tu non sposerai di certo nè un contadino, nè un fabbro, nè un falegname; ma un ingegnere, un medico, un avvocato o, come si suol dire, un possidente. Si dice tutti i giorni che siamo tutti eguali, e menzogna più bugiarda non fu mai pensata da cervello umano, e lo vo ripetendo in ogni mio libro, come la mia *Delenda Carthago*. Eppure quella bellissima parola è scritta fin sui soldi e sui biglietti di banca d'una grande nazione, sulle sue bandiere, e nelle leggi di tutto il mondo civile. Anche nei nostri tribunali sta scritto, che tutti sono eguali davanti alla legge; ma siccome i giudici non possono leggere quelle parole, perchè sono scritte dietro le loro spalle, non hanno l'obbligo di ricordarsene sempre. Gli uomini non sono eguali che in una cosa sola: davanti alla morte; ma anche qui, quanta differenza nel modo di morire! Si può morire appena nati o a cent'anni, si può morire in uno strazio di dolori o sorridendo; a gocciole o di schianto; maledicendo o benedicendo la vita. Ma il più bello è questo; che più la civiltà avanza e i rapporti sociali si complicano e le leggi si affinano, le disuguaglianze individuali aumentano e aumenteranno sempre col progresso. I socialisti ignoranti vorrebbero affogare l'individuo in un gran pantano di collettività; ed io invece son sicuro, che nel mondo dell'avvenire l'individuo sarà tutto e la società poco o nulla. Perdonami, cara figliuola mia, se la penna mi trascina fuori delle rotaie e se ti faccio della filosofia sociologica molto inopportuna. Ma era per dirti il perchè non potrai sposare un uomo di condizione troppo diversa dalla tua. La condizione sociale è il clima in cui siam nati, e accanto a noi e con noi non possono vivere bene che altri nati sotto lo stesso cielo morale. Metti un po' a vivere insieme in una stessa serra un abete e un'orchidea del tropico. O l'una o l'altra pianta morrà di certo. Tu dunque sposerai un uomo che esercita una delle professioni, che si chiamano liberali; forse perchè lasciano spesso la libertà di morir di fame. Anche se sceglierai un signore che vive di rendita, spero che non sarà un fannullone, di cui ti ho già tracciato una fotografia poco lusinghiera. Egli sarà un possidente, ma attenderà alla coltura delle sue terre o studierà per piacer suo o sarà artista; in ogni modo sarà anch'egli un operaio della grande officina sociale. Non credere, che sia indifferente sposare un artista o un medico o un avvocato. Il matrimonio è un organismo così delicato, che riceve influenze benefiche o malefiche da ogni cosa che lo circonda o lo tocca. È più sensibile d'una mimosa, d'un galvanometro o d'una lastra fotografica. Nulla che lo guardi o lo tocchi è indifferente alla sua salute e alla sua felicità. La professione è tanta parte di un uomo, che non si può levargliela di dosso senza strappare qualche lembo di pelle; senza lacerarne anche le carni. Ognuno di noi sceglie una professione piuttosto che un'altra per molte ragioni diverse, ora accidentali e fortuite, ora alte e profonde; ma soprattutto la sceglie pei gusti diversi, che sono poi l'espressione delle nostre attitudini, della nostra struttura morale e intellettuale. Felice, tre volte felice, colui che la sceglie trascinato imperiosamente, irresistibilmente dai bisogni del proprio cervello e del proprio cuore. Se vi sono tanti inetti e tanti altri che maledicono la propria professione, è perchè appunto non hanno seguito nella scelta la voce, che non inganna, della propria vocazione; ma son corsi dietro a fantasmi, a fuochi fatui o hanno (ed è ancora peggio) ubbidito a influenze esteriori. Una volta però che abbiamo scelta una professione, essa è un vestito che non si distacca più dalla nostra pelle, facendoci più belli o più brutti del vero. Hai mai veduto come muti aspetto la stessa persona, secondo il vestito che indossa? Or bene una professione è più che un vestito, più che un'uniforme: è una seconda pelle che con noi vive e mentre su noi si modella, ci piega però alle sue esigenze, al suo taglio, alla materia con cui è tessuta. Gli uomini di genio o di ferrea volontà piegano la professione a sè stessi e ne risentono alla loro volta una piccola influenza: ma i più, cioè la gran massa degli uomini, si modella e si piega secondo la professione che ha scelto. Tizio è prima ingegnere e poi Tizio; e Sempronio è prima medico e poi Sempronio; e Caio è prima prete e poi Caio; perchè le deboli individualità, che sono la grande maggioranza, trovano nella professione adottata uno stampo già preparato e unto per benino, per cui vi colano la loro personcina, che vi si adagia, vi si accomoda e vi si rapprende. Vi sono tanti impiegati, tanti medici, tanti preti, tanti soldati così eguali tra di loro, ch'io non sento mai il bisogno di chiederne il nome e il cognome, e vedendoli e conoscendoli mi accontento di dire: È un impiegato! È un medico! È un prete! È un soldato! Se sei persuasa di questa verità, capirai facilmente, quale e quanta influenza dovrà esercitare sulla felicità tua e su quella della famiglia la professione del tuo marito. Lo stesso uomo, collo stesso cuore, colla stessa intelligenza, colla stessa ricchezza sarà un marito diverso, secondo che sarà banchiere o medico, militare o avvocato. Non so, se altri prima di me abbia studiato l'influenza delle diverse professioni sulla felicità nel matrimonio. Io ho osservato molto e meditato moltissimo su questo argomento oscuro e difficile. Ed eccoti il frutto delle mie osservazioni e dei miei studii. Prendilo per quel che vale e in ogni modo metti tutto ciò che ti sto per dire in seconda linea. Pensa prima al carattere, all'intelligenza, a tutto ciò che costituisce l'uomo per sè e in sè, e poi e poi bada un pochino anche alla professione, pensando che anch'essa porterà in casa tua fiori e spine, che influiranno sulla tua felicità domestica.

Le professioni, di cui cercherò di tracciarti il profilo veduto nei suoi rapporti colla felicità domestica, son queste:

Negoziante.

Banchiere.

Industriale.

Proprietario di terre.

Artista.

Ingegnere.

Medico.

Avvocato.

Letterato.

Scienziato.

Uomo politico.

Militare.

IL MARITO NEGOZIANTE.

Il mio illustre amico Pasquale Villari, or son già molti anni, ai 17 milioni di analfabeti scoperti dal Ministro della pubblica istruzione, contrapponeva 5 milioni di arcadi scoperti da lui (che a quei tempi l'Italia non contava che 22 milioni di abitanti) e li trovava più colpevoli e soprattutto più pericolosi dei primi. E aveva ragione! Da quell'epoca con tante nuove scuole, colla legge dell'istruzione obbligatoria e tante suonate in piazza e in teatro sull'eterno motivo dell'*Excelsior*, gli analfabeti sono diminuiti d'assai; ma sono forse diminuiti anche gli arcadi? Io non lo credo: temo anzi che siano cresciuti. E lo temo, perchè non si è ancora soppresso lo studio della lingua greca nelle scuole secondarie. Perchè si crede ancora che non si possa scrivere bene in italiano, se non si studia profondamente il latino. Perchè si insegna ancora la filosofia nei licei. Perchè si crede nell'onnipotenza degli esami per garantire la società dagli asini e dai muli. Perchè esiste ancora l'Accademia della Crusca. Perchè si crede ancora, che il Governo possa rialzare la decadenza delle arti belle. Perchè si esige dal Governo ogni cosa, dalla prosperità del commercio alla distruzione della filossera; dalla sicurezza pubblica all'immunità del colera; dalla ricchezza nazionale al bel tempo. E per un ultimo perchè. Perchè si crede, che la professione del negoziante e quella dell'industriale sieno per gerarchia inferiori a tutte le altre, che si chiamano liberali. Per gli italici Arcadi il commercio non è una professione liberale. Eppure l'Inghilterra, che è la nazione più liberale dell'Europa civile è anche la più commerciante. Eppure Firenze, quando in una sola chiesuola battezzava tre uomini che si chiamavano Dante, Michelangelo e Galileo, insegnava le arti dell'alto commercio a tutto il mondo. Eppure tutto il mondo umano è uno scambio di commerci; sia poi di denaro, di merci, di idee, di territori, di influenze. Tu però, figliuola mia, non ti vergognerai di sposare un negoziante, se ne troverai uno, che abbia cuore e ingegno e che non si vergogni di vendere e di comprare, arricchendo sè e il proprio paese. Tu, almeno in questo, non sarai arcade! Il negoziante ama di solito la moglie e i figli, e pensando ad essi, rialza in più spirabil aere anche la sete del guadagno, che tenderebbe ad abbassarne il livello morale. Quand'egli ritorna dal fondaco o dal banco contento dell'andamento dei suoi affari, al rivedere i suoi cari pensa con gioia, ch'egli ha lavorato per essi e che a lui dovranno la cresciuta agiatezza, fors'anche una grande fortuna. Come si riposa sereno e sorridente lo sguardo di lui sul capo della dolce compagna, sulle testoline bionde che lo circondano; quando pensa che farà a tutti e presto una grata sorpresa, e che questa si dovrà al suo lavoro, alla sua attività, alla sua industriosa intelligenza. Se invece un giorno ha trovato che le cose sue volgono alla peggio, se un fallimento improvviso ha dato una grave scossa al suo bilancio, egli trova, ritornando a casa, che il sorriso amoroso della moglie lo ricompensa di tutto; che le perdite di denaro sono ben poca cosa, quando siamo sicuri di essere amati e da questi confronti attinge lena e conforto per lottare contro l'avversità e ripigliare il perduto. Senza tormentare il marito con un'inquisizione quotidiana e minuta, ispiragli confidenza in te e fa che ti tenga al corrente dei suoi affari. Molte fortune si devono alla santa alleanza dell'ardimento dell'uomo coll'economia della donna, della larga comprensione degli affari collo studio minuto dei particolari. Le donne, quando si mettono alla testa degli affari, riescono quasi sempre benissimo, e il negoziante deve associare a sè il tatto fine, la previdenza acuta, anche la timidezza della sua compagna. E se avessi la disgrazia di avere un compagno troppo avido di ricchezza e che coll'eccessivo lavoro o le imprese troppo audaci volesse raggiungerla, fagli da martinicca, modera le spese di lusso, e mostragli che la felicità non ha proprio nulla che fare colle tasse, che si pagano d'imposte dirette o indirette.

IL MARITO BANCHIERE.

Anche il banchiere è un negoziante, ma commercia in denaro; ed essendo questa la merce più preziosa e più universale fra tutte, anche la sua gerarchia sale d'un grado, anche perchè questa specie di commercio esige più ingegno, più accortezza e in certi casi molto coraggio. Il banchiere può facilmente aprire le porte della ricchezza alla propria famiglia e per le sue relazioni alte e molteplici, offre alla moglie una società variata, divertimenti rumorosi; tutte le compiacenze della vita mondana. Se tu ami la quiete e la solitudine, se preferisci un piatto solo a tavola, ma condito del sale della sicurezza dell'indomani, non sposare un banchiere. Nell'alta finanza le oscillazioni sono fortissime, e tu puoi trovarti ricca oggi, povera domani. È difficile che il banchiere non faccia risentire anche ai suoi le angoscie tormentose che attraversa ogni giorno, leggendo e commentando i listini della borsa. In questo secolo nevrosico il banchiere e l'uomo politico sono quelli, che più di tutti gli altri risentono le scosse di questo nostro mondo, che si dibatte ogni giorno fra le scosse galvaniche di chi lo vuol far correre e saltare e i delirii narcotici di chi vorrebbe addormentarlo nei sogni del passato. Fa di non lasciar solo il tuo banchiere sull'altalena vertiginosa dei suoi giuochi. Accompagnalo col pensiero vigile, col consiglio previdente; insegnagli che egli non deve giuocare che col superfluo; lasciando sempre intatto quel campo in cui si semina il pane e si raccoglie il vino. S'egli è prodigo, sii tu avara, e per inerzia non dir mai a te stessa, che gli affari di tuo marito non sono i tuoi e che non hai nè diritto, nè intelligenza per occupartene. Se senti il tuono, se vedi lampeggiare il cielo della tua famiglia, informati dagli amici, dai conoscenti, se non sovrasta una procella. Quanti infelici di meno, quanti minori disastri nelle famiglie, quanti meno cassieri fuggiti all'estero e quanti meno suicidi sulla tavola anatomica; se noi dessimo alla donna, più larga parte nella nostra vita di pensiero e d'azione! Se non ne facciamo più una schiava, non ne abbiamo fatto che una liberta; un animaletto gentile e domestico, che ci distrae e ci diverte; ma non le confidiamo quasi mai gli affari gravi, non fidandoci della sua segretezza e molto meno della sua intelligenza! Di questo ingiusto disprezzo noi siamo i primi a scontare la pena, perchè la donna ha un sesto senso, che è una seconda vista e che le permette di vedere ciò che spesso molti uomini di genio non sanno vedere. È il lato piccolo e debole delle cose, ma è anche il tarlo, che corroderà il colosso; è un elemento secondario, ma che basta forse a sconvolgere tutto un organismo, a mandare in rovina tutto un affare. Io mi son pentito molte volte di aver concluso un affare senza averne chiesto consiglio a tua madre, alla mia, quando avevo la suprema gioia di averla ancor viva. Mai mi son pentito di aver sentito la voce e il pensiero di loro, prima di prendere una determinazione importante. Io avevo pensato, ripensato e meditato: avevo voltato la cosa per diritto e per rovescio, con lente di microscopio e scalpello di anatomico, credevo di aver anatomizzato ogni fibra e misurato ogni cellula; ed ecco che all'occhio della donna di botto, senza bisogno nè di tempo, nè di lenti, nè di scalpello, appariva il lato debole, eppur onnipotente della questione; quello appunto che io non avevo veduto e neppur sospettato! E non l'avevo visto, perchè io era un uomo, e la tua mamma, la mia, lo avevano subito scoperto, perchè eran donne e perchè la natura ha dato ad esse gli occhi del cuore, che vedon le cose più profonde e le più vere; quelle che toccano la salute e la felicità delle persone che esse amano! E non è forse per questo, che la natura provvida ha fatto l'uomo diviso in due metà, disgiunte nei corpi, ma riunite in uno stesso fiato d'attrazione e di amore; due metà che non possono viver separate, che con dolore e coll'atrofia della vita in due; che è poi l'unica vita vera e completa, quella che costruisce il nido e crea gli uomini? Nell'una delle due metà avete la sentinella previdente e vigile, che spia il pericolo, che raccoglie il fremito del vento che minaccia, del fulmine che s'avvicina; nell'altra il pugno che si prepara alla difesa e all'offesa. Dall'una parte la timidezza affettuosa, che esplora il terreno spinoso, che getta da un lato le pietre che ingombrano il terreno; il sorriso che appiana le rughe del pensiero affannoso o del dubbio tormentoso. Dall'altra parte il coraggio, che non misura il pericolo, il pensiero che pesa il probabile e il possibile sulla bilancia del bene e del male. Da una parte i nervi che sentono, il cuore che ama, la carezza che calma, il bacio che guarisce, il sistema nervoso dell'umanità. Dall'altra i muscoli che si contraggono, la mente che vede lontano, l'energia che rinfranca, l'eroismo che esalta, il sistema cerebrale e muscolare dell'umana famiglia. E non è che avvicinando queste due metà, che saldandole insieme con quell'attrazione cosmica e divina, che è l'amore: che abbiamo l'uomo, l'uomo vero e intero, l'uomo completo e felice. Se tu sposi un banchiere, ch'egli tenga pure la cassa forte, ma tu sii per lui, per essa la chiave che la difende.

IL MARITO INDUSTRIALE.

In una gerarchia che mi son fatto io stesso per mio uso e consumo, ma che non ha rapporto alcuno coi responsi della Consulta araldica nè col famoso decreto del Menabrea, che metteva i professori in ottava linea, io metto l'industriale molto al disopra del negoziante ed anche del banchiere. Il negoziante compra e vende, l'industriale produce. Il negoziante prende da una mano e mette nell'altra, cercando che in questo passaggio una parte (la più grossa possibile) rimanga nella sua. L'industriale è un creatore: plasma la materia e le dà nuova forma, adopera le mani sue, quelle dei suoi operai, quelle delle macchine, e quando riesce a far cose nuove o a far meglio e più presto d'un altro una cosa vecchia, arricchisce sè e il proprio paese. Dio volesse che tu sposassi un'industriale! Ma nel nostro paese ne abbiamo tanto pochi, che sarà assai difficile che tu lo trovi, e che sia degno di te e a modo mio. L'industriale deve essere un alleato dei suoi operai, non un parassita del lavoro altrui: deve essere il loro amico, non il loro tiranno. Ogni giorno, ogni ora del giorno deve ricordarsi, che il gran problema dell'associazione del capitale e del lavoro non è punto risolto, e che sono gli industriali i primi, che devono concorrere alla sua soluzione equa e pronta. E tu, cara figliuola mia, se avrai per marito un industriale, devi persuaderlo ch'egli deve essere socialista, se non vuole vivere di rapina e andar incontro ai pericoli di una rivoluzione sociale. Non aspettino i capi delle officine, che i parlamenti risolvano il problema sociale. Lo risolvano essi pei primi. Applichino la mezzadria al lavoro delle loro fabbriche, come già in Toscana e in altri paesi fu sapientemente e umanamente applicata a quell'altra industria, che è l'agricoltura!

IL MARITO PROPRIETARIO.

È un buon marito, se non si accontenta di possedere, ma si occupa egli stesso delle sue terre e le coltiva e le ama e si studia di portare un po' di luce di scienza nelle tenebre profonde dell'empirismo contadinesco. Se invece il proprietario non visita mai i suoi poderi, se l'affitta e si accontenta di goderne le rendite negli ozii cittadini, egli cade nella categoria dei mariti fannulloni e non può dire di certo di esercitare alcuna professione. Accompagna, sempre che puoi, il tuo proprietario nelle sue terre, e persuadilo ad andarvi spesso, spessissimo. Quanta salute fisica e morale verrebbe alla nostra società nevrosica e nevrostenica, se tutti quelli che hanno un palmo di terra, l'amassero e la coltivassero; se andassero tutti ad accarezzare le piante, a sdraiarsi sul prato, a cogliere colle proprie mani un frutto cresciuto nel loro campo; fosse pure quel frutto un fico stento o una mora di siepe. Hai mai odorato la terra, quando dopo una lunga siccità, beve le prime gocciole della pioggia, e le assorbe avidamente coll'ansia voluttuosa di una lunga sete? Per me tra tutti i profumi quello è il più caro, il più simpatico, il più penetrante. Non vellica soltanto di fuga le mie narici, ma scende giù giù nel fondo del cuore e del paracuore e mi sento anch'io ritornato terra (come lo fui prima di nascere) e mi par di bevere alle prime sorgenti della vita, tutto quanto trasformato in una spugna molle e minuta di radici e di radicelle, che assorbono le forze del pianeta, per trasformarle in pane, in vino, in profumo di fiori e in ossa di tronchi. Mai in nessun altro momento io mi sento parte viva del mio pianeta, come quando aspiro voluttuosamente il profumo della terra, che beve l'acqua del cielo. Fa di bevere più spesso che puoi quel profumo in compagnia del tuo proprietario e fallo bere ai tuoi figliuoli, e portatevelo a casa e in città come un tonico amaro, che ci aguzza l'appetito e ci rifà il sangue. L'amore alla terra è il più salubre, il più caro degli affetti, e tu, coltivandolo nel tuo compagno, farai opera santa, e portando nella casa del contadino le tenerezze del tuo cuore di donna e mettendolo a braccetto della scienza agricola di lui, farete più e meglio per il bene dell'Italia, che tutti i legislatori passati e presenti colle loro leggi sociali, che mi fanno ridere e che rimangono negli Archivii dei Parlamenti, come insigni monumenti del nostro arcadismo sentimentale, del nostro vaniloquio parlamentare e giornalistico; di quella falsa filantropia, che coll'elemosina o col rialzare o l'abbassare dei dazii d'entrata e d'uscita, crede o spera di risolvere il magno e terribile problema della questione sociale.

IL MARITO ARTISTA.

A meno che l'artista sia uomo di genio o abbia un cuore di angelo, non sposarlo mai. Se è mediocre, è lo spostato degli spostati. Colla testa in alto per cercar sempre un bello ideale, che gli sfugge, inciampa coi piedi nella miseria che avvilisce, nell'invidia che tortura l'anima, nella displicenza cronica, che corrode i germi della vita. L'artista mediocre accusa tutti fuor che sè stesso della sua impotenza. Ama il bello come gli eunuchi aman le donne e cerca la gloria per le vie di traverso dell'impressionismo, del *pointillé*, dove la gloria non ha mai messo il piede. Si lamenta come un genio incompreso, senz'esser genio, e divien cattivo come uno che fosse in una volta sola punto e perseguitato da tutte le mosche, da tutte le pulci, da tutte le zanzare, che brulicano in questo nostro mondo planetario. Ed egli porta in casa tutti questi parassiti che lo mordono, che lo pungono per ogni lato, e fa pungere da essi anche la moglie, anche gli amici e tutti quelli che lo circondano. Vive, lamentandosi ogni giorno e ogni ora dell'ingiustizia degli uomini, che non lo intendono, dei signori che non gli comprano gli aborti della sua tavolozza malata e dei suoi scalpelli spuntati. Maledice Rafaello e chiama barocco Michelangelo e si mette accanto a Galileo condannato dall'Inquisizione e a Colombo deriso dai monaci di Spagna. Se parla di altri artisti più fortunati, li copre della bava avvelenata della sua invidia rappresa, dei suoi rancori isterici. È un infelice cattivo, è un aborto che si permette di vivere e che concentra tutta la sua vita in un lamento e in una maledizione. Anche l'artista di genio, anche l'artista incoronato coll'aureola della gloria, è un marito pericoloso, e se tu sei gelosa, non devi sposarlo. Sua prima amante è l'arte e ti metterà sempre al disotto di essa. Egli è anche poligamo per natura e per elezione difficilmente può amare una donna sola e circondarla di tutte quelle tenerezze quotidiane, che sono neccessarie a lei come il pane, come l'aria che si respira. Pensa alle modelle, che deve veder nude dinanzi a sè nel segreto del suo studio, pensa a tutte le belle signore, che tanto facilmente si innamorano di lui e ch'egli deve ammirar tanto da vicino; così spesso, così intimamente. Tu sei bella e tu sei giovane, ma sei una donna sola, e non puoi avere tutte le bellezze, delle quali egli ha bisogno per appagare la sete insaziabile estetica, che lo divora e lo consuma. Se io fossi nato artista, non avrei avuto per amante e per moglie che l'arte; e sarei morto vergine o almeno casto come il Canova e come Michelangelo.

IL MARITO INGEGNERE.

La professione d'ingegnere esercita una influenza molto oscura e difficile a definirsi sulla felicità del matrimonio. L'ingegnere batte così larghe le ali sul mondo dell'attività umana, da assumere le forme le più svariate. Quando si accontenta di numerare colle sue palline i filari di gelsi o di misurare i campi, i prati e le foreste, è un semplice agrimensore. Quando siede nella poltrona delle amministrazioni ferroviarie, è un semplice impiegato, che rimane all'ufficio le sue sei o otto ore al giorno, porgendo alla moglie tutti i vantaggi e le noie del *travettismo*. Quando invece si innalza alla dignità di costruttore di ferrovie, di ponti, è quasi un artista ed è sempre uno scienziato. Anche Grattoni, anche Sommeiller, anche Watt e Fulton furono ingegneri. Anche Eiffel è un ingegnere, lo è il Lesseps; e passeranno tutti all'immortalità ed ebbero o avranno le loro statue. Il presente è degli ingegneri, l'avvenire prossimo e remoto sarà degli ingegneri, e ad essi rimane aperto un orizzonte grande come il mondo, alto come la vetta della civiltà futura.Ed è perciò, che se il tuo pretendente oltre il diploma d'ingegnere ha molto ingegno, potrai goderti una grande agiatezza; fors'anche la gloria e la ricchezza. Di tutte le forme svariate dell'ingegnere, sempre ad altre circostanze pari, scegli quella che obbliga il marito a molte assenze. Fuggirai i pericoli della uniformità soverchia della vita, che è tanto vicina alla monotonia, alla noia, al raffreddamento lento e inevitabile dell'amore; e tu ti godrai tante piccole lune di miele, quanti sono i ritorni del tuo dolce compagno. Se tuo marito parla dei suoi progetti, delle sue imprese, se ti mostra i suoi disegni, non dirti profana del tutto ai suoi studii. Mostra anzi di interessarti ai suoi lavori. Ogni lavoro d'uomo, per esser giocondo e fecondo, deve esser accompagnato dall'ombra del pensiero femminile. La donna deve essere sempre compagna nostra in ogni pensiero, in ogni opera di mano o di cervello. Essa è il sale d'ogni nostro cibo, la poesia d'ogni nostro travaglio.

IL MARITO MEDICO.

La donna, che sceglie per marito un medico, deve amarlo non una volta sola, ma tre volte. È questa una professione piena di pericoli per la felicità domestica. Se sei gelosa, devi tremar sempre per la fedeltà del tuo compagno. Egli ha troppe occasioni a peccare e troppa impunità a delinquere. Tu devi stimarlo molto, moltissimo, devi essere più che sicura del suo amore per non essere in continua agitazione. Di giorno, di notte, sempre, può lasciare il nido della sua casa, e non tutte le chiamate sono di infermi; ma ve n'ha di inferme, che non hanno di malato che il cuore. Può anche lasciare la città dove abitate, chiamato da telegrammi, che non sono sempre veri. Se sei molto delicata per certe cose, devi rassegnarti con dolore a racconti, che non parlan sempre di fiori. Il tuo povero marito vive sempre tra le piaghe e i dolori; lascia il letto d'un agonizzante per medicare un cancro; può puzzare di iodorformio o di acido fenico, e tu involontariamente a tavola puoi pensare, che la mano che ti pela un frutto è la stessa, che un'ora innanzi ha razzolato nelle viscere d'un cadavere o ha operato un tumore. Pensa prima a questi pericoli, se hai i sensi troppo suscettibili e la fantasia troppo fervida. Non sposare mai un medico di poco ingegno e di poca coltura e che sarà costretto a viver sempre nel pantano della mediocrità. Egli rassomiglia molto all'artista incompreso ed è uno fra i più infelici operai della grande officina sociale. Nell'arte medica non si sta benino che nei palchi di prima e seconda fila. La platea è una prigione, il lobbione una galera. La guerra dei colleghi, l'ingratitudine e le esigenze dei malati, l'ambiente di dolori in cui dobbiamo vivere, fa della nostra arte la più difficile e la più spinosa e non può assorgere a più spirabil aere, che quando ci riscalda l'amore degli uomini e possiamo aspirare alla gloria. È allora che Clotilde giovane e bella può essere felice di essere l'amante e la compagna del Dottor Pascal; è allora che una donna di cuore e di ingegno può essere felice di essere la moglie di un medico. Molte donne, che nei loro sogni di fanciulla desideravano di essere dottoresse o suore di carità, trovano, sposando un medico, una via indiretta per realizzare il loro sogno pietoso. Esse sono fiere e felici di accompagnare col pensiero ed anche coll'opera il loro compagno in quella missione di sagrifizii continui, in quel travaglio quotidiano, che è un apostolato e spesso anche un martirio. Esse sono beate di confortarlo, quando sconfortato dall'ingratitudine degli uomini o dall'impotenza della scienza ritorna a casa coll'amarezza nel cuore e colle lagrime negli occhi! Quante volte la tua buona mamma mi ha dato il coraggio che mi mancava, per continuare il mio cammino: quante volte mi ha mostrato la meta lontana e gloriosa ed è riuscita a farmi benedire la professione che io liberamente aveva scelto e che nei primi anni mi sembrava un Calvario; che non aveva altri compagni per via che triboli e spine e che sulla vetta non mi mostrava che una croce! Nè soltanto ella si occupava di me, ma dei miei malati e mi accompagnava spesso nelle mie visite ai poveri, nelle capanne della campagna o nei bugigattoli asfissianti della città; dove più che i soccorsi dell'arte doveva portare i conforti della pietà o i soccorsi della carità. Essa era il mio angelo confortatore in casa, la mia alleata nelle opere pietose al di fuori, ed io ero benedetto per merito suo e per opera sua benedicevo la mia arte, così difficile, così oscura, così travagliata da tutte le miserie morali e da tutti i dolori fisici del povero bipede implume. Essa è riuscita a coltivare in me l'amore delle cose difficili, che io aveva da natura; e ad ogni difficoltà che io incontrava sul mio cammino, ad ogni calcio villano che mi tiravano i miei colleghi o ad ogni brutale schiaffo dei miei malati trovava in sè nuove parole di conforto, nuove carezze, nuovi impeti del cuor generoso. M'è perfino avvenuto, che il contravveleno che essa mi porgeva mi sembrasse così dolce, da desiderare nuovo veleno per aver poi nel nido della mia casa più dolci carezze, più caro conforto: "Ma non ami tu forse le cose difficili? Ebbene tu hai scelto per onor tuo la difficilissima e la spinosissima fra tutte le arti; e qui appunto, *si parrà la tua nobilitate*, e più alto e glorioso sarà il premio, quanto più contrastata e fiera sarà stata la lotta. In fondo a questa via troverai la massima delle compiacenze umane, quella di aver sparso intorno a te tante benedizioni, quella di aver fatto tacere tanti dolori, di aver salvate tante preziose esistenze, di aver forse aggiunto all'avara scienza nuove scoperte, nuove invenzioni, risorse nuove." E la tua buona mamma aveva ragione, perchè le posizioni facili d'una vita senza contrasti, d'una lotta senza forti avversarii, se non ci possono dar forti dolori, ci negano anche le gioie più calde e più inebbrianti. Poco travaglio, poco dolore e poca gioia. - Molto travaglio, molta fatica, ma anche voluttà senza nome. Il mondo non l'abbiam fatto noi e dobbiamo accettarlo com'è, e là si vuole, che la vittoria non si abbia che dopo la lotta. Se si rinuncia a lottare, si deve anche rinunziare ai trofei della gloria. Io ti ho mostrato nella professione del medico i due lati della medaglia, i quali son forse tra di loro in più fiero contrasto che in qualunque altra posizione sociale. Tocca a te il guardarli ben bene e il giudicare, se ti senti il coraggio di affrontare il male colla speranza di raccogliere anche il bene. In ogni modo non sposare mai e poi mai un medico mediocre.

IL MARITO AVVOCATO.

Se mi si chiedesse qual'è la nazione più morale, risponderei subito:

- Quella, che ha un numero minore di avvocati.

Non già perchè essi stessi rappresentino l'immoralità di un popolo e sieno quindi da mettersi fra i ladri, gli assassini e tutte le altre infinite varietà dell'uomo delinquente; ma perchè essi non possono vivere che dell'immoralità altrui. Essi sono i bacilli della corruzione sociale. Una società sana non avrebbe bisogno di medici. Una società idealmente morale non avrebbe bisogno nè di avvocati, nè di carabinieri, nè di soldati. Tutti questi bacilli d'un mondo fisicamente o moralmente malato devono sparire in una società futura più sana e più morale della nostra. Io morrò in questa santa fede e tu trasmettila ai tuoi figliuoli. Mentre però guardiamo cogli occhi della speranza in un avvenire migliore e molto lontano, noi abbiamo gli avvocati e ne abbiamo pur troppo molti, moltissimi, troppi: tanto che non avendo sufficiente *materia peccans* per vivere, e trovando ancora insufficiente l'immoralità pubblica per potersi nutrire, e prolificare, fabbricano spesso essi stessi la gelatina delle contese e delle cause per vivere, o invadono i campi della politica, portandovi, le loro spore e i loro micrococchi. Oh perchè mai con tante leggi draconiane, con tanti ostracismi ingiusti di incompatibilità parlamentari, non abbiamo ancora avuto un ministro così savio e così coraggioso da proporre l'esclusione degli avvocati dal Parlamento? Perchè? Perchè i ministri dell'interno son quasi tutti avvocati e i deputati sono in gran parte avvocati e il suicidio è un delitto! Eppure quella savia esclusione basterebbe a moralizzare l'ambiente parlamentare, a risanarlo e a prolungare la vita del nostro parlamentarismo tanto malato. Ma io, tesorino mio, non devo parlarti dell'avvocato che come marito possibile; e gli avvocati son tanti e anch'essi hanno come tutti i galant uomini il diritto di prender moglie. L'avvocatura per sè stessa esercita una piccola influenza sulla felicità del matrimonio. L'avvocato è generalmente una persona colta, esperta delle umane vicende, per lo più eloquente; che anche in amore adopera bene le armi della parola, dei sofismi e dei sillogismi. Hanno però una facile tendenza a scambiare la verità colla bugia, dovendole adoperare egualmente bene nelle esercitazioni del Foro e dovendo per loro ufficio persuader gli altri di ciò, di cui essi stessi non sono convinti. È naturalmente questione di arte, che può non intaccare il fondo del cuore. Un avvocato deve difendere un ladro, un omicida, un falsario; ma non per questo deve approvare in cuor suo il furto, l'omicidio e il falso. Egli è come l'attore drammatico, che non diventa un tiranno perchè rappresenta Luigi XI, nè un imbroglione, perchè fa la parte di Rabagas. Questa continua ginnastica però, questo continuo maneggio di sofismi, questa elasticità eccessiva, questa abilità di preparare le trappole dell'eloquenza tendono involontariamente ad appannar la coscienza del bene e del male e a confonderli alquanto; dovendo l'avvocato passare dall'uno all'altro, e continuamente, nei suoi attacchi e nelle sue difese. Diffida dunque un tantino dell'eloquenza degli avvocati, quando essi l'adopreranno per farti una dichiarazione d'amore: accettala con un largo benefizio d'inventario. Cerca insomma di scoprire l'uomo al disotto del causidico, e se quello val meglio di questo, dimentica il mio giudizio forse troppo pessimista e dovuto alla mia dolorosa esperienza, che mi ha costretto ad adoperare gli avvocati più di quanto io avrei desiderato. Molti avvocati, anche fra i più abili maneggiatori di trappole forensi, anche tra i più ingegnosi compilatori di lunghe e pesanti note pei loro clienti; quando entrano nel nido della famiglia, sono felicissimi di lasciar la toga e le bugie nell'anticamera del tribunale. E là fra le braccia d'una moglie adorata e i sorrisi dei loro bambini aspirano a larghi polmoni l'atmosfera della verità vera; di quella che non si piega mai alle esigenze delle Pandette o del cliente. Là non hanno bisogno di adoperare quei fini e complicati congegni dei *se* e dei *ma*, nè di ricorrere alle reticenze piene di malizia, nè di abbagliare il pubblico coi fuochi artificiali della rettorica nè colle false lagrime nè cogli sdegni a freddo. Là anche l'avvocato ama e vuol essere amato. Là senza toga è felice di ritornare anch'egli un uomo; null'altro che un uomo.

IL MARITO LETTERATO.

Avrei dovuto mettere il marito letterato in compagnia del marito artista, col quale ha comuni molti caratteri; ma siccome ne ha di proprii e siccome d'altronde molti letterati non sono punto artisti, te ne parlerò a parte. Ciò che ha di comune l'artista della penna con quegli altri che maneggiano il pennello o la stecca, è l'assoluta proibizione di essere mediocre, a meno di rassegnarsi a tutte le umiliazioni e a tutte le miserie, che con mano così feconda genera la mediocrità. Si può e spesso si deve mangiare il pane, anche se è cattivo, perchè il pane è necessario; ma l'arte è un oggetto di lusso e il lusso deve risplendere di tutti gli splendori del bello e del grande. I poetini, gli scribaccini, gli autorini sono i nani del pensiero, i rachitici dell'arte, e non possono che ispirare la compassione, quando non riescono almeno coi loro aborti a farci ridere. Una volta il fare un libro pareva a tutti impresa eroica. Ci si pensava un anno almeno, prima di farlo; si impiegavano molti anni per scriverlo; e poi dopo lunghe incertezze e timori senza fine si osava lanciarlo sul mare tempestoso della pubblicità. Oggi si fa un libro colla stessa facilità con cui si giuoca una partita a tresette, e gli autori nascono a centinaia, a migliaia, in una vera orgia di fecondità inesauribile. Versi e giornali e romanzi pullulano nelle aiuole dei giardinetti arcadici o nei campi dell'analfabetismo universale e i bollettini bibliografici fanno volumi e la critica non ha neppur la fatica di mandare tutti questi aborti e questi parti immaturi al cimitero, perchè da sè stessi si uccidono e da sè stessi si seppelliscono. È legge universale, che la mortalità è in ragione diretta della fecondità, e nelle famiglie dove nascon troppi figliuoli, il becchino e il prete hanno molto da fare. Non sposar dunque mai un letterato mediocre. Soffrirai la miseria del pane e quella più crudele della sete insaziata di gloria. Pur troppo tra noi le condizioni della letteratura sono ancora così miserabili, che anche gli scrittori di genio, che possono vivere della sola penna, son così pochi in Italia da poterli contare colle dita d'una mano sola. E anch'essi son passati attraverso un lungo e doloroso martirio prima di giungere alla gloria e alla fortuna. I più, anche tra i migliori, son costretti a chiedere una cattedra o a darsi al giornalismo, per poter riunire decorosamente i due capi estremi del loro bilancio domestico. Il letterato porta nell'ambiente della famiglia più fiori che frutti, ma anche i fiori sono una gran bella cosa; e tu passerai ore liete e poetiche, quando il tuo compagno ti leggerà commosso le ultime pagine d'un suo libro, ancor calde dell'amore della creazione, e spierà nei tuoi occhi l'emozione o il plauso. E la sua coltura porterà nella conversazione della famiglia molte idealità, e tu e i tuoi figliuoli respirerete un'aria, che sa di primavera; e forse troverete che le gioie maggiori della vita son sempre quelle che costano meno, ma che germogliano da tutte le poesie del pensiero e dalle estasi del sentimento. Sposa dunque pure anche un letterato, ma ch'egli sia sommo.

IL MARITO SCIENZIATO.

Questo marito è stato sempre un prezioso zimbello tra le mani dei romanzieri e degli scrittori di commedie. Anche il sommo Balzac lo classificava tra i *predestinati*. Lo scienziato dell'antico stampo va però scomparendo od è già scomparso; e l'antropologo fra pochi anni, nel metterlo a catalogo nel suo *Sistema hominis* dovrà scrivergli accanto le parole: *specie estinta*. Era un uomo spesso sudicio, quasi sempre distratto, che non si occupava d'altro che dei suoi insetti o delle sue piante, del suo laboratorio o delle sue medaglie, e per lui il resto del mondo non esisteva. Prendeva moglie per igiene o per avere chi badasse alla sua casa e credeva come in un dogma, che la moglie dovesse esser fedele al marito, quando questi non le era infedele. Uomo felice, se mai ve n'era uno, non faceva però felici quelli che vivevano con lui. Istrumento monocorde e che suonava una sola nota, non poteva mettersi in nessuna orchestra, neppure nel più modesto terzetto. Oggi si coltiva la scienza senza dimenticare che si è uomini, e che l'essere membri della società umana ci impone il dovere di essere puliti, cortesi con tutti, galanti colle signore. Si può oggi essere membri di molte accademie senz'esser noiosi; si può avere una cattedra delle più alte o delle meno popolari della scienza senz'esser pedanti. Si può misurar le antenne di un insetto o la lunghezza di un microbo, misurare gli angoli di un cristallo o il diametro del sole, senza credere che il mondo finisca nel breve giro dei nostri studii. La vita moderna ha per carattere principalissimo di dilagar per ogni verso, in alto, in basso, a destra, a sinistra; nell'angolo più oscuro e nelle miniere più profonde. Dovunque respira un uomo o sospira una donna il pensiero di tutti penetra e s'infiltra, e nessuno può fuggire a quella corrente, che circola lungo i fili telegrafici di tutto il mondo, che vibra in ogni pagina di libro o di giornale. Si son strappate tante siepi; si son rotte tante dighe, che oggi riesce impossibile ad un uomo di esser solo e di vivere della sola propria vita. Ognuno di noi vive in tutti e un po' di tutti vive in noi. Un filosofo antico avrebbe desiderato che le case fossero tutte di vetro, perchè nulla sfuggisse della vita privata. Noi abbiam fatto qualcosa di più e di meglio, sorpassando di molto il suo sogno. Noi abbiam fatto penetrare nelle case di tutti la vita dell'umana famiglia, e senza distruggere l'individuo, ne abbiam fatto un membro vivo e palpitante di tutto l'organismo umano. È per tutte queste cose, che lo scienziato può essere anche un ottimo marito. Anzi lo è spesso e più facilmente dell'artista e del letterato. I suoi studii sono spesso aridi e sterili. S'egli non è un Newton o un Lavoisier, un Linneo o un Darwin (e di questi basta che un secolo ne abbia uno), il frutto del lungo e sudato lavoro è molto scarso. Guai se lo scienziato non avesse in sè una passione ardente, insaziabile del vero; se si scoraggiasse del tanto cammino percorso senza trovar nulla e della triste e frequente necessità di tornare addietro e rifare la via. Guai a lui se non amasse i suoi insetti, le sue piante, le sue medaglie come suoi amici e quasi consanguinei. Noi non avremmo nessun scienziato in questo mondo! Per tutte queste ragioni però, quando egli ritorna a casa dal suo museo o dal suo laboratorio, è avido di tenerezze, di poesia; di qualcosa di profumato e di giocondo, che lo riposi dal lungo travaglio e lo porti in un nuovo mondo. E questo gli è dato dalla dolce compagna, dai bambini chiassoni e ridenti. Il marito scienziato è anche tra i più fedeli, non avendo tempo che basti e coraggio che valga per cercare il peccato.

IL MARITO POLITICO.

Se sei ambiziosa, figliuola mia, sposa un uomo politico. S'egli ha ingegno (non importa molto) e molta abilità, ti porterà in alto, dove giungono gli *evviva* delle moltitudini, il luccicare delle decorazioni e delle giubbe dorate, e dove non mancano neppure i biglietti di banca. Se invece ami la quiete, la modestia serena di una casa, in cui non entri lo squillo delle bande festanti, ma neppure la pietra dei malcontenti; non sposare mai un uomo politico. L'uomo politico è un soldato, ma che non si rassegna a rimanere semplice fantaccino. Vuol essere, nei casi di massima modestia, almeno sottotenente; ma quasi sempre aspira all'elmo piumato del generale. Ingegno, astuzia, coltura, fierezza d'orgoglio e transazioni di coscienza, tutte le armi del bene e del male egli deve adoperare per giungere a quell'elmo piumato. Se per via può anche giovare alla patria, tanto meglio. Diverrà generale, senza perdere il glorioso battesimo di patriota. Siccome la politica è l'arte di governare un paese, tocca tutto e tutti, e quindi un po' politici lo dobbiamo per amor di patria esser tutti; non fosse che nella modesta missione di elettore amministrativo. E siccome la politica tocca tutto e tutti, ne viene anche, che essa va dall'uno all'altro polo delle umane energie; dal martirio dell'eroe alla forca del delinquente; dal cielo dell'angelo all'inferno del demonio; dall'arco trionfale alla galera. Ecco perchè l'uomo politico è spesso e dovrebbe esser sempre soldato; mentre è invece talvolta brigante. Soldato e brigante maneggiano le stesse armi, ma con questa semplicissima differenza, che il primo difende la legge e la patria, il secondo difende il proprio interesse. In un Parlamento (fosse pure l'ultimo fra tutti) abbiamo confusi insieme briganti e soldati. Vestono nella stessa maniera, siedono sugli stessi scanni e pur troppo devono spesso votare insieme, confondendo così nella coscienza popolare, ogni giorno e brutalmente, il bene e il male; il sagrifizio di sè stessi alla patria e il sagrifizio della patria a sè stessi. Il Cristo tra i due ladroni è un'immagine fedele di un banco parlamentare od anche ministeriale. Nei casi più fortunati abbiamo un ladrone fra due Gesù. Se tu hai influenza sull'animo di tuo marito, uomo politico; tiengli alto il cuore, senza eccitar mai la sua ambizione. Questa nel maschio umano non ha quasi mai bisogno di eccitanti, spesso invece ha bisogno di deprimenti. La missione della donna è invece quella di essere la vestale delle nostre idealità, della nostra onestà politica, che è poi una cosa sola colla onestà domestica. È sacrilega distinzione, quella di due onestà e ho sempre rabbrividito, udendo queste parole, che giudicavano un uomo:

- È un gran galantuomo nella vita privata, ma in politica....

La somma di molti galantuomini fa una nazione onesta. La somma di parecchi disonesti basta a disonorarla. Dove nasce un'epidemia panamistica o cuciniellana, il paese è profondamente malato e se non si giunge in tempo all'amputazione, la gangrena secca invade tutto l'organismo e la nazione muore. E siccome nessuna forza si distrugge, anche la donna nel modesto giro della propria famiglia può e deve essere un'energia, che risana, che risangua, che attiva la vigoria morale di una nazione. Che il tuo marito sia sindaco o deputato, senatore o ministro, fa di essere fiera della sua onestà prima che del suo ingegno, della sua lealtà prima che delle sue commende; e tu seguilo coll'occhio vigile dell'affetto che ama, ma non transige; del cuore che si intenerisce, ma non vacilla nelle ore di Getsemani, quando la coscienza lotta tra le tenebre coll'ambizione o colla sete dell'oro.

IL MARITO MILITARE.

Parrebbe a priori, che il soldato deva essere il pessimo di tutti i mariti. Abituato ad imporre e a subire una disciplina ferrea, vivendo sempre in un ambiente artificiale al di fuori della società, in cui tutti quanti respiriamo e camminiamo; festeggiato dalle donne, perchè rappresentante della forza e perchè vestito d'un'uniforme; costretto a mutare ad ogni tratto di guarnigione; egli dovrebbe essere un cattivo marito. L'esperienza invece, che non ragiona, ma ci dà i frutti della natura, ci dice che il marito militare è l'ottimo tra tutti i mariti; sempre ad altre circostanze pari. Io mi son domandato sempre il perchè di questa contraddizione fra ciò che ci suggerisce la teoria e ciò che ci dimostra la pratica, e confesso, che per quanto aguzzassi lo sguardo e gettassi profondo lo scandaglio in questa regione della psicologia umana, rimasi col desiderio di sapere e con molte ipotesi in testa; che è quanto dire con un pugno di mosche in mano. Che Venere sia stata, sia e sarà sempre l'amante di Marte, è facile a capirsi e inutile a spiegarsi, perchè poeti, filosofi e psicologi (che non è la stessa cosa) e scrittori di romanzi hanno esercitato penna e pensiero su questo tema. Ma Marte non è marito, ma amante, e la cosa è ben diversa; e il Marte moderno, che si chiama tenente di corvetta o capitano dei bersaglieri o maggiore del genio o simili è quasi sempre un ottimo marito. È forse perchè il militare, dopo aver conosciuto i volgari amori della piazza e le facili avventure delle brevi guarnigioni, dopo avere insomma amato molte femmine, desidera conoscere e amare una donna? È forse perchè il soldato è sempre un uomo scelto fra molti e quindi bello e forte e molto maschio? È forse perchè la vita artificiale e regolamentare, che lo opprime e lo schiaccia per tante ore del giorno, gli fa sentire più vivo il bisogno di una casa senz'altro regolamento che l'amore, senza altri ordini del giorno che le carezze quotidiane? È forse perchè la casa è il miglior contravveleno della caserma e il desinare in famiglia il premio di tanti pranzi nei *restaurants*? È forse perchè il militare abituato a farsi la propria valigia, a curare le proprie cose, a tenerle in ordine e in grande pulizia, è una specie di buona *ménagère* e portando tutte queste abitudini e abilità in una famiglia, è anche per questo un ottimo marito? È forse perchè obbligato sempre ad applicare una disciplina molto dura, a fare il burbero per forza; è felice di abbandonare in famiglia le redini del comando e d'essere compiacente e tenero colla moglie e i figliuoli? Per quale di queste ragioni la donna, sposando un soldato, ha maggior probabilità di esser felice? Forse per nessuna di esse esclusivamente, ma per tutte quante prese insieme. Del resto la ragione delle cose stuzzica e appaga la nostra curiosità di sapere, ma il conoscerla non è sempre necessario; per la più parte degli uomini inutile. I più grandi problemi dell'universo e della vita ci sono del tutto oscuri, e ciò non ci ha impedito di camminare sempre avanti nella via del progresso e di cambiarci da selvaggi antropofagi in gente civile, che si veste, che nasconde le miserie animalesche dell'esistenza; che parla col telefono e cammina colla locomotiva. Accontentiamoci dunque di dire, che il soldato è quasi sempre un ottimo marito e lasciamo ai posteri il trovarne il perchè. Sarà una delle tante *x*, che lasciamo ai posteri con quella larga eredità di *perchè*, di *come*, di *quando*, che trasmettiamo ai nostri figliuoli, perchè alla loro volta la lascino ai pronipoti dei nipoti lontani.

Altri consigli del babbo a sua figlia nella scelta del marito.

Cara e dolce mia figliuola, vorrei che tu dimenticassi tutti quanti i consigli, che ti ho dati fin qui per non ricordarti che di questo, che tutti quanti li domina dall'alto della sua importanza, che tutti quanti li abbraccia come una mamma, che in un solo amplesso si stringe al cuore tutti i suoi bambini. E il consiglio, per quanto importante, per quanto grande, sta tutto chiuso in una sola linea:

- Meglio rimaner ragazza per tutta la vita che maritarsi male.

Invece ai nostri tempi, si crede e si fa precisamente il contrario. Il rimaner ragazza è creduto una vergogna, e ci si marita mediocremente, se non si può bene; e male se non si può mediocremente.

- O un marito o la vergogna!

E naturalmente si sceglie il marito. Lo sposo è brutto o antipatico, o malaticcio o stupido. A quarant'anni non ha saputo ancora farsi una posizione. Lo dicono donnaiuolo, giuocatore, fannullone. È vecchio e acciaccoso. I suoi parenti son disonorati. Non importa!

- Egli è un uomo e quindi un marito. Piuttosto che la vergogna di morire ragazza, venga il brutto, il vecchio, il libertino, il fannullone! Lungo il viaggio la soma si aggiusterà da sè.

Nulla di più sciocco, di più falso, di più immorale di questo dilemma, conseguenza alla sua volta di tutto un lungo passato di un'educazione falsa, di una falsa morale; frutto di una pianta venuta su nel terreno dei pregiudizii più rancidi, dell'ignoranza più crassa dell'umana dignità, dei suoi diritti e dei suoi doveri. In Inghilterra, in America, un po' meno in Germania, in Russia, in Olanda molte signorine non prendono marito per libera elezione, e non perchè sian gobbe o guercie o zoppe. Esse non hanno avuto la fortuna di trovare nei sentieri della vita l'uomo del loro cuore e son rimaste ragazze. Non per questo sono infelici, ma bastano a sè stesse e dedicano la loro vita ad uno dei tanti scopi, ai quali possiamo dirigere la nostra navicella. Il nostro paese (làsciamelo dire in tutta confidenza) a questo riguardo è uno dei più arretrati e noi serbiamo in tutta la sua vigoria l'antico pregiudizio, che vecchia ragazza sia sinonimo di *paria* del sesso femminile. Questo pregiudizio si andrà perdendo poco a poco col crescer della civiltà e man mano noi educheremo le donne, perchè prima di tutto bastino a sè stesse e alla loro felicità. Io ti ho educata a questo modo, angelo mio, sperando che andrai incontro a tempi migliori dei miei. Troverai nei romanzi e nelle poesie, che il primo amore è l'amore vero, l'unico amore, l'amore per eccellenza. Nulla di più falso. Lo stesso varrebbe dire che il primo quadro d'un pittore deve essere l'ottimo fra tutti quelli che egli farà nel corso della sua vita; che il primo discorso, il primo libro, la prima statua, la prima opera in musica saranno ciò che di meglio faranno il deputato, l'autore, lo scultore, il maestro. Anche l'amore è un'opera, in cui cuore e ingegno e sensi devono darsi la mano concordemente per rizzare quel tempio, in cui si deve trovare la massima felicità; per intrecciare quel nido, in cui deve allevarsi e crescere una famiglia. Le prime opere hanno tutte le imperfezioni dell'incertezza, dell'inesperienza, dell'ignoranza. Il primo giovane piacente, che ti guarda negli occhi e cogli occhi suoi ti dice d'amarti, ti piace anche soltanto perchè ti guarda a quel modo e tu sei disposta a trovarlo bello e buono e perfetto. Egli incomincia subito e involontariamente a farsi più bello, più buono, più perfetto; per piacerti, per conquistarti, per guadagnarsi il tuo amore. E tu dal canto tuo colla poesia della giovinezza accresci ancora di tuo la sua falsa bellezza; e senza saperlo vi ingannate a vicenda. E poi quando al suo *ti amo*, rispondi a lui colla stessa sua parola, ti trovi legata colla solennità di una promessa, fors'anche di un giuramento. L'amor proprio allora si associa all'amore, e non c'è lima che possa intaccare la catena che ti sei legata al tuo piede. Se ti accorgessi troppo tardi di esserti ingannata, lotteresti con tutte le tue forze contro la ragione, che vorrebbe illuminarti. Saresti capace non solo di chiuder gli occhi, ma anche di accecarti per non vedere la verità. Poveretta, saresti schiava per opera delle stesse tue mani. Lascia dunque che il giovane ti dica cento volte: *ti amo*; prima che tu gli risponda colle stesse due parole, ch'egli con ardente impazienza aspetta dal tuo labbro. Anzi fa di meglio: impediscigli col tuo contegno ch'egli dica quelle parole, e se nel calore dell'ammirazione le dicesse, non lasciargliele dire una seconda volta. In ciò le donne sono maestre e tu potresti dar lezione a me. Intanto se quel giovane ti piace, continua a studiarlo e confrontalo con altri; sia che ti guardino o no. Il matrimonio deve essere una scelta e non si può scegliere senza far confronti. Più il confronto si farà fra molti, fra moltissimi; e più probabilmente la scelta sarà ottima. Non esser mai impaziente per deciderti. L'impazienza è sempre segno di debolezza. Tu conosci il celebre generale romano, che vinse le guerre, aspettando, aspettando sempre. E tu vincerai la massima fra le battaglie della vita, aspettando, aspettando lungamente, aspettando sempre. Io ho fatto una statistica grossolana di molti matrimonii caduti sotto i miei occhi e dividendoli fra quelli fatti da giovanette molto giovani e gli altri conclusi in età più matura; ho trovato in questa seconda categoria un numero molto maggiore di unioni felici. Nei casi dubbi non consigliarti che colla tua mamma. Le amiche, anche le migliori, in fatto d'amore sono giudici pericolosi. L'invidia entra pur troppo non chiamata nei loro consigli. Se vuoi consultare le amiche, fallo accademicamente, per semplice curiosità; non già per dar peso ai loro responsi. In ogni caso poi fidati delle amiche già maritate e non delle fanciulle. In queste, invidia e inesperienza possono mettersi assieme per trarti in errore. Il disaccordo fra un uomo e una donna, che si uniscono coi vincoli del matrimonio, può esser triplice. Per via dei sensi. Per via del cuore. Per via dell'intelligenza. La massima delle infelicità nasce dall'avere in una volta sola tutti questi tre disaccordi. La massima delle felicità si ha dall'alleanza di tutti e tre questi accordi. La simpatia estetica, l'ammirazione della bellezza ti mettono sulla strada per avere il primo accordo. L'aver sempre le stesse opinioni nelle questioni del sentimento, il capire e il cercare le stesse idealità, ti conducono all'accordo dei cuori. L'amare gli stessi libri, gli stessi quadri, l'avere gli stessi gusti intellettuali, ti portano alla concordia dei pensieri, che è quanto dire al paradiso in terra. Non credere però, mia cara, che non vi siano altri disaccordi, all'infuori di questi che ti ho classificati in tre categorie. Ve ne sono cento e mille e mille altri minori, piccoli, piccolissimi, che stanno ai primi come i colpi di spillo stanno alle pugnalate. Questi disaccordi minori non sono sensibili che per le orecchie delicate; ma le donne sono tutte delicate, e tu, amor mio, sei delicatissima per natura e per educazione. E ti conosco tanto, bamboccia mia, da poterti dire, che preferiresti un disaccordo completo a un rosario di piccole e continue disarmonie. Del resto si può uccidere un uomo anche a colpi di spillo. È questione di avere la crudeltà che basti per questa operazione. Le piccole disarmonie nascono dal guardarsi, dal parlarsi, dal gestire, in un modo piuttosto che in un altro.

Ebbene molti uomini e quasi tutte le donne, che si imbarcano sulla nave del matrimonio, sono nel caso di quel facchino, di quell'avvocato, di quel giornalista, di quel medico, che si volessero improvvisare macchinisti, senza che nessuno di essi conosca il meccanismo di una locomotiva. E c'è questo di aggravante; cioè che la locomotiva è una macchina molto più semplice di un cuore, di un organismo, di un cervello umano. Quando penso a tutto questo, son tentato quasi quasi di dar ragione ai molti, che a furia di meditare sui mille pericoli e sui cento trabocchetti che circondano il matrimonio, rimangono celibi per tutta la vita. Tu però, caruccia mia, sei stata educata in modo da esser felice e da far felice chi ti avrà scelta per isposa, e la tua indole è così buona, è così soave, così delicata da rimediare a qualche magagna, che potesse aver il tuo compagno. E tu lo saprai cercare, e lo saprai trovare l'uomo che ti faccia felice moglie e madre fortunata. Hai sempre amato le cose difficili, e il matrimonio è la difficilissima delle difficili cose. Tu hai sempre a pensare, che il matrimonio è la somma di due esistenze, di due corpi, di due anime, e che messi l'uno accanto all'altro avrebbero a dar per risultato non solo dei figliuoli, ma la perfetta felicità di un uomo e di una donna. In certi momenti un *oh* o un *ah* fuori di tempo può essere uno schiaffo. La parola *caro* pronunziata in una certa maniera può essere un insulto, e un sospiro può essere una tragedia. Ah! se gli uomini conoscessero le donne e le donne conoscessero gli uomini prima di abbordare il santissimo sacramento del *conjungo*; quanti matrimonii di meno, ma anche quanti e quanti infelici di meno! Io ho sempre raccapricciato davanti alla presunzione goffa e sfacciata, con cui uomini e donne si danno la mano per sempre, senza conoscersi a vicenda non solo; ma senza conoscere di che sia fatta la pasta umana, senza neppure conoscere l'abbici dei caratteri, senza aver letto la prima pagina del libro dell'anima. La colpa è di nessuno e di tutti. Di nessuno, perchè si nasce in una società fondata su false basi, perchè si imparano cento cose inutili, e si nuota nella più tenebrosa ignoranza di ciò che è necessario al sano esercizio della vita. Quanti e quante hanno letto Dante e Shakespeare, quanti e quante suonano del Beethowen e parlano in tre o quattro lingue, e non sanno che cosa sia il *carattere*; quali ne sieno le origini, quali le leve per muoverlo verso il bene, per affinarlo, per attonarlo. Che cosa diresti, amor mio, se morto improvvisamente il macchinista di un treno in partenza, si chiamasse il primo venuto; fosse poi un facchino o un avvocato; un giornalista o un medico e gli si dicesse:

- Animo, montate in macchina e guidate il treno alla sua destinazione.

In questa somma incomincia a metter tu per conto tuo più che puoi di amore, di bontà, di indulgenza, di tenerezze, di accorgimenti delicati e di care divinazioni; e allora la cifra totale riuscirà una grossa somma, anche se il compagno tuo mettesse una piccola parte di quei tesori dell'anima, che sono poi gli elementi della felicità. Scusami il paragone troppo grossolano e troppo aritmetico; supponi che la felicità sia rappresentata dal numero cento e a raggiunger questa cifra dovete concorrere in due. Se tu incominci a metter di parte tua settanta o ottanta, al tuo compagno non rimarrà che a dare una quota di trenta o di venti, e la somma tornerà sempre. Se puoi, dà novanta; sarà più facile trovare chi ti dia dieci. Conosco matrimonii molto felici, nei quali la donna dà novantanove, e l'uomo non dà che uno. La buona moglie non rimprovera il socio troppo avaro. La somma torna sempre e la felicità è perfetta.Guai a te, se tu pretendessi dal marito che desse non più, non meno di cinquanta. La tua esigenza lo offenderebbe e il suo tributo alle gioie domestiche scenderebbe subito a proporzioni minime. Pur troppo la donna deve dar sempre più di quel che riceve. Essa è destinata dalla natura al sagrifizio, alla generosità, e sopra ogni altare incensi e tributi e adorazioni son più di femmine che di uomini. Esigi poco, esigi pochissimo da tuo marito, e avrai fatto più che metà del cammino, che conduce alla pace domestica. Così facendo, tutto il di più che ti sarà concesso dall'uomo sempre egoista e sempre meno amoroso della donna, ti sembrerà un dono inaspettato, una cara sorpresa. Se invece ti appoggiassi al diritto delle genti e misurassi il dare e l'avere nella felicità della famiglia colla bilancia della giustizia, ti troveresti dinanzi alle più spiacevoli sorprese, alle più amare delusioni. Le fanciulle quando prendono marito conoscono l'uomo dai romanzi. È per essi o un angelo o un demonio; e siccome naturalmente lo sposo non può, non deve essere un demonio, non può e non deve essere che un angelo. Invece gli uomini, quelli che passeggiano per le vie della città e non nelle pagine dei romanzi, non sono che rare volte demonii; ma angeli non sono mai. Sono animaletti graziosi (quando son belli), che amano sè stessi prima di tutti gli altri e quindi anche prima della sposa; sono bipedi implumi ed anche intelligenti, che nella moglie cercano un aumento di agiatezza o una governante che diriga la casa, una macchinetta gentile e bella, con cui si possa perpetuare la famiglia; una compagna nelle gioie, una infermiera nelle malattie. Essi si mettono un po' di poesia sulla pelle, come mettono i guanti sulle mani e le scarpe sui piedi; ma se la levano subito, appena sono nell'intimità della loro casa. E come gettano via i guanti sulla soglia e si levan le scarpe nella camera da letto per mettersi le babbuccia, così si levan la poesia, che li infastidisce e li secca. Non immaginarti mai, che un fidanzato serbi intatta la poesia di cui ti circonda, una volta che sarà divenuto marito. L'uomo è come l'usignuolo; non canta che quando fa all'amore. E almeno l'usignuolo ad ogni primavera rinnova i suoi divini gorgheggi. L'uomo è meno di lui, perchè non mette fuori i trilli della sua poesia che in una sola primavera; quella del pretendente. Talvolta anzi è così povero di poesia, che è costretto a comprarla o a prenderla in prestito. Fra gli altri ho conosciuto un poetico giovanotto, di cui ebbi occasione di leggere le lettere, che scriveva alla fidanzata. Erano letteralmente copiate dal Foscolo e dal Goethe. Meno male che la sposa non aveva mai letto nè *Jacopo Ortis* nè il *Werther*. Son cose tristi e brutte queste che ti scrivo, o angelo mio, ma è meglio saperle prima che poi. Serba per te sacra e intatta la poesia che hai nell'anima e che io e la mamma abbiamo sempre coltivato in te. Con essa ornerai anche la prosa di tuo marito. Purchè in casa ci sieno dei fiori, che cosa importa sapere in qual giardino son stati colti? *Frammenti di un codice di diplomazia matrimoniale.* Una volta che il pretendente è divenuto fidanzato e da fidanzato marito, il problema della felicità domestica non è ancora risolto. Lo dicono tutte le centinaia e migliaia di infelici, che invocano il divorzio e invano lo aspettano da un Parlamento imbelle e da Ministeri fatti a sua immagine e somiglianza. E ben raro che in un matrimonio infelice la colpa sia tutta del marito o tutta della moglie. Nel più dei casi la colpa è di tutti e due. Talvolta se la dividono in due metà così eguali, che davvero, guardandosi in faccia, potrebbero ridere e gettarsi l'un l'altro con ironia semigaia un Tu l'as voulu, Georges Dandin! Comincia dunque tu stessa, figliuola mia, a portare alla grande associazione della felicità in due, tutta la tua parte di contributo. Tu devi considerare tuo marito, come una parte di te stessa, di cui devi occuparti, come lo fai per le tue mani, per la tua faccia, pei tuoi visceri. Tu governi mani e faccia e visceri, colle regole dell'igiene e sulla guida della tua esperienza. E tu devi governare questa altra metà di te stessa, che è il tuo sposo, colle regole di una sana e sapiente diplomazia. Non spaventarti di questa brutta parola. Se nel mondo politico diplomazia vuol dire l'arte d'ingannarsi a vicenda, nel mondo del matrimonio significa soltanto saper maneggiare l'altra metà di sè stessi con accorta delicatezza, con affetto costante, con profondo conoscimento del cuore umano. E per mostrarti subito l'indirizzo di questa diplomazia domestica ti dirò, che deve ispirarsi tutta quanta al più santo dei precetti fondamentali del Vangelo, corretto però e migliorato: Il Vangelo dice: Amerai il prossimo come te stesso. E la moglie deve dire: Amerai tuo marito più di te stessa. A meno di aver sposato un uomo indegno di questo nome, un egoista di ghiaccio, un vizioso da bordello, un eunuco del cuore; egli ti amerà sempre e molto, pur che tu lo ami sempre e molto. Amor che a nullo amato amar perdona è un verso solo della *Divina Commedia*, ma è divino davvero, perchè governa quasi tutta la legislazione dell'amore, e finchè l'uomo pesterà coi suoi piedi questo pianeta, potranno mutare le leggi, le consuetudini dell'umana famiglia, ma l'amore sarà sempre il figlio dell'amore. Esigi poco, pochissimo da tuo marito, ed egli ti darà molto, moltissimo. Sii con lui molto indulgente e purchè egli sia onesto e ti ami, non impennarti ad ogni sua distrazione, ad ogni suo capriccio. Gli uomini, vedi, non sono come le donne, che all'amore portano tutti i tesori del sentimento, tutti gli ardori della passione, tutto ciò che sono, che sanno, tutto ciò che valgono; per cui anche i peccati delle donne son quasi tutti mortali, perchè sacrileghi fatti ad un Dio. Gli uomini amano come mangiano, come bevono, come camminano. L'amore è in essi una funzione della vita, non tutta la vita. Molti dei loro peccati d'infedeltà, anzi quasi tutti, non sono che veniali. Mezz'ora dopo scordano il peccato e la peccatrice, e ritornano più teneri, più appassionati alla loro fida compagna. Quante donne per eroica protesta, per intolleranza eccessiva hanno disfatto una famiglia, forse due famiglie; tagliando la ritirata al marito, facendo d'un suo capriccio una passione, d'una sua contravvenzione al galateo un delitto di Corte d'Assise. Molte altre invece con una ceffatina, che pareva una carezza, con un rimprovero che pareva uno scherzo, hanno ricondotto in un'ora all'ovile la pecorella smarrita....

- So tutto, ma ti perdono.... So che tu mi ami sempre....

Qual è l'uomo che a queste parole non si sente arrossire fin nei capelli, che non si inginocchia dinanzi a lei e suggella il suo perdono con tenerezze più calde, con una passione rinnovellata di novelle frondi; con raddoppiato amore? Se il tuo compagno non ha il coraggio di confessare la sua colpa, se si arrampica sulla frana scoscesa delle bugie, lascialo dire; ridi, sorridi e fagli supporre che gli credi; anche quando ti dice le più assurde cose di questo mondo; anche quando si rende ridicolo, come un bambino colto in fallo. Ho sempre ammirato una donna sublime, che del resto fu adorata fino alla morte da suo marito, perchè finse di credere, che ritornato a casa a tarda ora, aveva scambiato un letto per un altro. Per molti, l'apoteosi della viltà o della stupidità, per me una delle forme più alte dell'amore eroico e della sapienza domestica. Io ti auguro e spero, che di questi eroismi non avrai punto bisogno, ma si deve sentirsene capaci. Aggiungo però subito, che tuo marito deve esserne degno. Al vizioso abietto, all'uomo vile e senza carattere, nessuna misericordia, nessuna pietà. Quando hai perduta la stima per il tuo marito, distaccati da lui, e se non lo puoi per legge segna col tuo dito una linea di fuoco, che ti separi da lui. Il peccato di capriccio non deve essere il tradimento quotidiano e vigliacco; la debolezza non deve esser paralisi. Nel contrasto dei gusti, delle idee, dell'ordinamento della famiglia, cedi sempre nelle piccole cose per poter insistere nelle grandi. La contraddizione perpetua, anche se nella più parte dei casi è ragionevole, è una ruggine, che corrode l'amore e lo consuma. Se vuoi saper volere nelle questioni, che toccano la tua dignità o l'educazione dei tuoi figli, devi essere accondiscendente e cedevole in tutte quelle cose di poca importanza, che riguardano il vestire, la cucina, le relazioni con persone indifferenti. Quando vuoi (e ne hai tanto diritto quanto lui), la tua volontà deve appoggiarsi alla ragione, non mai al puntiglio. E volendo, adopera le forme più soavi del desiderio, e il condizionale più spesso dell'indicativo presente. L'uomo è così abituato a comandare, è così pieno e convinto del suo diritto di padrone, che si ribella al *voglio* e cede al *vorrei*: s'impenna al *farai*, e ubbidisce al *non ti pare?* Questa è diplomazia ed è sapienza: è politica, ma è anche virtù. Nelle più difficili intraprese, quando devi persuadere tuo marito a far cosa giusta, ma che non gli garba, devi piegare parole e cose, in modo che gli sembri di voler egli stesso ciò che tu desideri da lui. Un marito di mia conoscenza si vantava di avere una moglie, che lo assecondava in tutto e non lo contraddiceva mai, nè nelle grandi, nè nelle piccole cose. E invece era sempre lei che voleva, e, per fortuna della famiglia, voleva sempre cose giuste e buone; ma dal suo dizionario aveva cancellato il verbo volere e il verbo comandare. Erano per lei vocaboli affatto inutili e li credeva anche pericolosi. Invece le donne, che li hanno sempre sulle labbra, non riescono mai a volere e a comandare, e si rassegnano brontolando a una schiavitù, che le umilia e le disonora. L'uomo maschio è un animale feroce, ma che si ammansa colle carezze, coi baci, colle parolette soavi. Si ribella e mostra i denti a chi alza la voce o lo picchia. Anche i leoni si domano col latte più che colle busse. Tu adori tua madre, e tua madre è una santa, che non è vissuta che per me e i suoi figliuoli; ma quando piglierai marito, tu devi viver sola con lui. Ti auguro, che tu possa fondare il nuovo alveare accanto all'antico, a quello dove sei nata; ma in ogni modo nè tu in casa dei tuoi suoceri, nè tuo marito in casa di tua madre. Il tuo fidanzato, nelle ore di estasi, quando tutto il cuore si affoga nel miele degli affetti più dolci e più generosi, di certo ti proporrà di non separarti dalla tua mamma. Non accettare quel dono, ch'egli sarebbe il primo a rimpiangere. Non è invano, che i proverbii e la commedia e la satira hanno sempre perseguitato col loro umorismo, coi loro sarcasmi il suocero e la suocera. Quei proverbii, quelle sferzate sono il succo di una secolare esperienza. So anch'io, che vi sono famiglie patriarcali, dove un nido si appoggia sull'altro in un'unica atmosfera di quieta beatitudine. Son rare eccezioni, che fanno grande onore all'umanità, ma sono eccezioni e son rare, e quando si applica il calcolo di probabilità all'arte della vita, si deve sempre fondarlo sulle medie e sulla maggioranza.Son troppe le ragioni di dissidio, di contrasti, son troppi gli attriti di gelosia, di influenze, di invidie fra suocera e genero, perchè i loro rapporti possano mantenersi in un cielo perpetuamente sereno. Non metter mai tuo marito nel triste dilemma di offender tua madre o di darti torto. Amatevi da lontano invece di odiarvi da vicino. Siate cortesi fra di voi e tu sii coi tuoi suoceri, coi tuoi cognati, con tutti i membri della nuova famiglia di un'amorevolezza piena di riguardi; senza buttarti ai nuovi affetti con prorompente imprudenza. È meglio metter da parte qualche tenerezza di riserva, nel caso in cui la meritassero. Farsi invece restituire una parte di ciò che si è dato, è cosa dura e amara e semina rancori e pentimenti per l'avvenire. Non andare in collera, figliola mia adorata, se sento il bisogno di darti anche questo consiglio: *Non dir mai una sola, la più piccola delle bugie a tuo marito*. Ti so sincera, ti so incapace di mentire, ma la nuova tua posizione, complicando d'assai i tuoi rapporti cogli uomini e colle cose, ti porrà spesso davanti a questo crudele dilemma: O dire una bugia. O dare un dispiacere a chi si ama. Il più delle donne davanti a questo bivio, novanta volte su cento dicono la bugia. E la dicono in casi meno difficili, soltanto per paura di esser sgridate o di doversi difendere e giustificare o di dover dare lunghe e intricate spiegazioni. Alessandro tagliò il nodo famoso colla sciabola e il suo taglio attraversò i secoli, celebrato e immortale.Le donne ogni giorno tagliano i piccoli nodi che si formano tra le mani, nel dipanare l'intricata matassa della vita, con quella piccola spada, che hanno sempre in tasca, sul tavolino, in letto, da pertutto; e che si chiama *bugia*. Emma, non mentire mai a tuo marito! Qualunque sia il dilemma, che ti si para dinanzi, qualunque sia il nodo che ti si forma fra le dita, non scioglierlo mai colla menzogna. Sarai degna della tua stima, e tuo marito ti metterà sopra un piedestallo così alto, da potersi dire un altare. Un uomo può esser fiero di avere una moglie giovane e bella, di sentirla lodare da tutti per la sua coltura, per il suo spirito; di nessuna cosa sarà tanto orgoglioso, come di poter dire:

- Mia moglie non sa mentire.

In questo secolo tartufo, in cui le esigenze estetiche e morali impongono ogni giorno all'uomo virtù che non ha, in cui la menzogna ci avviluppa e ci ravvolge dal capo ai piedi, come una ragnatela bavosa, che al passeggiare in una vigna abbandonata ci si appiccica schifosa e fetente alla faccia; il conoscere un poggio alto e sereno, dove non giunga la bugia e il poter rifugiarvisi fidenti e sicuri, è tale una grandezza, tale una letizia per l'anima da bastare a farci benedire la vita. Il bottegaio ci avvelena colle sue falsificazioni, il medico ci inganna colla sua pietà; i bassi ci adulano per averne favori, e gli alti ci promettono protezione col labbro, dimenticandoci subito nel pensiero. In chiesa vediamo molti prostrati, pochi credenti; nel Parlamento udiamo molte parole patriotiche, vediamo ben pochi sagrifizii; nelle famiglie intorno a noi quanti tradimenti e quante simonie!Vi è però in tutto questo deserto un'oasi sempre verde, dove nell'erba non v'è serpenti, sui cespugli di rose non vi son spine, dove l'ape non ha pungolo e il cielo non conosce nubi; e quest'oasi è l'anima della nostra moglie. Là ci rifugiamo fidenti e sicuri per sentirci udire un *sì* che è sempre *sì*, un *no* che è sempre *no*. Là su quella pietra di paragone portiamo il falso oro, le false gemme, per sapere cosa sono e cosa valgono: là portiamo tutte le piccole e grandi ipocrisie della vita per vederle sfumare nell'aria come una pagliuzza, che arde e si consuma sotto i raggi concentrati del sole. Ah quanto bene fa all'anima il rifugiarsi in un cuore sincero, francamente, coraggiosamente e sempre sincero! Come ci si allarga il petto, come i polmoni assorbono avidi quell'aria fresca, tonica inebbriante della verità sicura. Come ci sentiamo consolati di esser uomini e fieri, che una di queste rare creature adamantine sia nostra, tutta nostra! Qualcosa di simile si prova quando, dopo aver respirato per molti giorni l'aria umida, palustre, fangosa della pianura del Gange si sale sull'altipiano dell'Imalaia;

bruciando tutti i miasmi, lavandoci dai brividi della febbre e dall'afa dei pigri letarghi. Se tutte le donne sapessero l'onnipotenza della sincerità, rinunzierebbero subito alle scappatoie meschine delle piccole bugie e alla tattica delle grandi e ingegnose menzogne. Le donne mentiscono spesso e mentiscono bene; ma non vi è arte che basti, per tenebrosa e fine che essa sia, che valga a renderle infallibili. Or bene, una sola menzogna mal riuscita ti fa perdere il frutto di tutte le altre fortunate. Da quel giorno, tutta la sincerità è inutile, ogni affermazione è dubbia; accanto ad ogni *sì* e ad ogni *no* tuo marito mette un punto d'interrogazione. Tu hai perduta per sempre la tua santità, hai profanato il tempio, in cui il tuo compagno ti aveva collocato. Non si è vergini che una volta sola nella vita. Tu colla prima menzogna perdi quell'altra verginità forse più preziosa, che ti dichiara incapace di mentire. Tu porterai a tuo marito tutta una corona di fiori: la tua giovinezza, la tua bellezza, le tue grazie; ma pur troppo l'uno dopo l'altro questi fiori avvizziranno. Ma se fra quei fiori avrai intrecciato anche la sincerità, questa rimarrà fino all'ultimo respiro sempre fresca e sempre profumata, e tuo marito alzerà il capo superbo ad ogni volta, che davanti a tutti potrà dire: *Lo ha detto lei!* sinonimo di verità indiscutibile, sinonimo di un dogma, che non ha nè può avere miscredenti. E credilo, gli occhi suoi si inumidiranno di tenerezza, quando egli aggiungerà, quasi a conferma delle prime parole: Mia moglie non ha mai mentito! Il tuo sposo ti giurerà eterno amore e tu giurerai a lui amore eterno. L'eternità non è soltanto di Dio, ma di tutte le labbra degli innamorati. Lo ha detto anche il Gautier: Toute grande passion a la pretention d'être éternelle, et il est fort commode de se donner les bénéfices de cette eternité sans en supporter les inconvenients. Ma invece ogni affetto, per forte e sincero e fido che sia, deve attraversare i tre stadii, pei quali passa inesorabilmente ogni cosa viva e che alla vita appartiene. Nascere, crescere e morire. Quanto al morire ammetto con te, che il tuo amore morirà, ma con te, e che l'amore di tuo marito non tramonterà che col tramonto della sua vita. Ma, c'è un *ma*. Quanto al crescere, sarà un movimento continuato, come tu forse te lo immagini, o avrà le sue soste, le sue intermittenze? Di queste due cose la vera è la seconda. In ogni amore vi è un periodo, in cui il nostro cuore e quello della persona amata han dato quanto potevan dare e al disopra dell'umano non vi è che il divino, creato dalla nostra fantasia e dalla sete dei superlativi. Siccome però il crescere dell'amore è la sua cosa più bella, dobbiamo far di tutto perchè il crescere sia lento, lentissimo, e duri molto, moltissimo. Lo stesso Gautier ha detto che, *en amour comme en poésie rester au même point c'est reculer*, e benchè non sia questa tutta la verità, vi è però dentro una grande verità. Dunque tu devi fare in modo, che di quando in quando, per salute o per affari ti lasci sola; ed egli rimanga solo. Non seguirlo da per tutto e sempre, nè vantarti mai di non poter stare un giorno solo senza di lui. Credo che soffrirai della sua assenza e che anch'egli dividerà il tuo dolore; ma saranno due dolori, che prepareranno gioie infinite per voi. Dopo un lungo digiuno ogni cibo ci sembra squisito; dopo una lunga sete ogni acqua ci par deliziosa. Conviene che di quando in quando proviate la sete dei vostri baci, la fame delle vostre carezze. È questo il modo più sicuro per conservare l'amore allo stesso stato di tensione deliziosa; ed io, che ho sempre adorato tua madre e morirò adorandola, fino dal primo anno del nostro matrimonio, mi allontanai da lei per otto o dieci giorni, e fino ad oggi, or con un pretesto ed ora con un altro, ho sempre seguito la stessa abitudine. Ad ogni assenza teneva dietro una nuova luna di miele, e fino ad ora credo, che il nostro amore è sempre nel periodo del crescere. Il desiderio è la pianta da cui nascono tutte le gioie della vita; finchè la manterremo viva e la coltiveremo con intelletto d'amore, noi saremo sicuri di raccoglierne sempre i frutti. Invece i più fra gli uomini fanno come i selvaggi, che per non aver la fatica di coltivar la pianta o di arrampicarsi sopra di essa per averne i frutti, con un colpo di ascia buttan giù l'albero. E così facciamo noi, quando in una volta sola soddisfacciamo a tutti i desideri, uccidendo la pianta che deve darci la gioia. Quando tu sarai sposa da qualche mese, capirai tutta l'importanza di questo mio consiglio, che basta da solo ad assicurare le gioie sempiterne nel nido domestico. In certe cose non dir sempre di *sì* a tuo marito. Fa come certi mercanti, che scrivono sulla loro bottega: *Oggi non si fa credenza, domani sì.* E tu a certe domande rispondigli:

- Oggi no, mio caro, domani forse....

E fa che il domani divenga un posdomani e un futuro remoto.... forse eterno. Tu devi aver sempre per lui qualcosa da dare, e invece l'amore, che è spensierato e folle, ti suggerirà forse di dar tutto oggi e subito ed è anche per questo, che il più degli amori ha vita così breve e fragile. Mi ricorderò sempre, che in una conversazione, a cui prendevano parte uomini vecchi e giovani e donne belle e letterati e scienziati, tutto un mazzo di carissime persone, si lamentava che i fiori, che sono tra le cose più belle di questo mondo, durassero così poco. Una signora sentimentale esclamò:

- I fiori son come l'amore....

Un'altra più seria e ottima moglie e ottima madre di famiglia soggiunse:

- Non tutti i fiori, nè tutti gli amori sono fragili e caduchi.

Perfettamente, disse un professore di botanica:

- Vi sono fiori di orchidee che durano mesi sullo stelo e anche recisi son freschi per settimane.... E i sempiterni poi col loro nome dicono la loro durata.

La sentimentale. S'intende sempre parlare dei fiori in generale, e non delle eccezioni. *Il botanico.* Anche i fiori comuni si possono conservare indefinitamente con qualche artifizio, e chi è stato a Berlino o in Scandinavia deve aver ammirato fra vetri e vetri delle finestre mazzi stupendi di fiori imbalsamati, coi loro vaghi colori. *La sentimentale.* Sempre roba imbalsamata.... *Un'altra.* Vorrei sapere però, come si possono imbalsamare gli amori, per serbarli sempre freschi e coloriti. *Il botanico.* Coll'acido fenico, col sublimato corrosivo... colle pomate arsenicali.... Qui un coro di grida d'orrore venuto da ogni parte coperse la voce dell'oratore.

- Puah! Orrore! Che bestemmia!... Già questi scienziati son sempre materialisti, brutali, insopportabili.... Morte alla scienza!...

Un professore di psicologia, che aveva fino allora taciuto e che si accontentava di guardare le belle signore, modestamente fece osservare, che il botanico non aveva detto alcuna bestemmia, non aveva profanato nè punto nè poco il sublime sentimento dell'amore; perchè anche gli affetti subiscono le influenze esterne e interne e possono per virtù di esse crescere, diminuire, risorgere o morire del tutto. Quindi, anche per l'amore (concludeva egli) vi devono essere delle forze, che lo aiutano a vivere, che lo conservano, che gli concedono una insolita longevità.... Tutto sta a trovarle e a saperle adoperare sapientemente. *La sentimentale.* Vorrei un po' sapere che cosa conserva l'amore. *Il psicologo.* Per esempio la fedeltà dei due che si amano. *La sentimentale.* Questo è un vero e proprio circolo vizioso. Se si serbano fedeli è perchè continuano ad amarsi, e allora non c'è bisogno di alcun antisettico. *Un'altra....* Il miglior conservatore dell'amore è la gelosia. *Un'altra* (maliziosamente). No, è l'abilità di far sperar sempre e di non conceder mai. *La sentimentale.* Davvero? Questo mezzo mi sembra il miglior modo per uccidere l'amore di morte violenta. *Un'altra.* Credo che ciò non faccia grande onore al nostro sesso, ma l'ottimo degli antisettici in amore è la civetteria. *Un'altra.* Bravissima! Soprattutto non lasciarsi veder mai spettinata o mal vestita. *Un'altra.* E tener sempre alto il biscottino, che si vuol dare. Non avete veduto come i cagnolini si alzano sui piedi di dietro e stanno lungamente in una posizione incomodissima, quando si offre loro a quel modo un bocconcino ghiotto? Quasi tutte le signore presenti a quel convegno avevano parlato: soltanto una, la più vecchia, aveva sempre taciuto. Era vecchia, ma pretendeva ancora di esser giovane, e cogli artifizii della sarta, del profumiere e del tintore riusciva a lottare con qualche successo nelle penombre dei salotti mal illuminati. Battè due o tre volte il ventaglio sul tavolino, quasi volesse chiamar l'attenzione di tutti su ciò che stava per dire: nè contenta di questo, aspettando il silenzio generale, si gargarizzò la gola con due o tre colpi di tosse, poi dall'alto esclamò:

- Signori e signore; non so che cosa debbano fare gli uomini per conservare il nostro amore. È cosa che li riguarda ed io non me ne curo. So però ciò che noi dobbiamo fare per tenerli sempre inginocchiati ai nostri piedi.... -

E tacque. Siccome il fine del discorso però non veniva mai, da varie parti della sala sorsero domande impazienti:

- Che cosa è dunque per voi il miglior antisettico dell'amore?

Nuova pausa, nuovo batter del ventaglio, e poi dall'alto, anzi dall'altissimo:

- *Il disprezzo!*

Allora un vecchio venerando, che non aveva mai parlato, che aveva soltanto sorriso d'un sorriso volteriano a tutte quelle contese; un vecchio, che non era professore di psicologia, ma aveva sempre studiato uomini e donne con grande amore e grandissima indulgenza, disse:

- Mi permettete di dire anche la mia? Se non altro ho vissuto più lungamente di voi tutti e ho veduto più uomini e più donne di tutti voi....

- Sì, sì, fuori l'antisettico migliore....

- L'ottimo fra tutti i preservativi dell'amore, o signore amabilissime e riveriti signori.... è, è....

- È, è?

- *È il pudore!*

Tutti e tutte tacquero; chi per sorpresa, chi per subitanei ricordi di un passato già molto lontano, chi per il dolore di non capire.... Eppure, figliuola mia, quel vecchio era il solo fra tutti ad aver ragione, e quando tu sarai moglie e da qualche tempo, gli darai ragione.

PARTE TERZA.

LA CONCLUSIONE DEL LIBRO.

Questo mio libro non è un romanzo e neppure un trattato sociologico o psicologico; ma è per lo meno un libro; perchè ha un frontispizio e un indice, perchè è diviso in varii capitoli; perchè ha un autore che l'ha scritto, e un editore, che ha voluto fargli da padrino, e perchè spera di avere dei lettori e soprattutto delle lettrici. Ma questo libro non sarebbe un libro, se non avesse una conclusione, e questa ve la dico in due parole: Emma, dopo aver sentito l'amica e dopo aver letto e riletto e spesso bagnato colle sue lagrime il manoscritto del babbo, sposò l'ingegner Rinaldini. Ed io che la conosco, posso anche dirvi che ha fatto bene, perche è molto felice, e la sua felicità è di quelle che durano fino all'ultimo respiro.